十五个槜李

桐乡桃园槜李文化有限公司 编

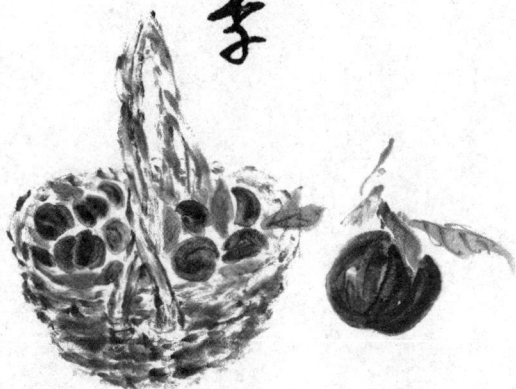

长江出版传媒 | 长江文艺出版社

序

钟桂松

　　桐乡真是一个好地方!

　　不光有世界级名人茅盾、丰子恺,还有富有桐乡特色的特产,如杭白菊、晒红烟、榨菜、槜李等等。而其中历史最悠久的,要数桐乡槜李,它是桐乡土特产中的老大哥。晒红烟是桐乡的老牌土特产,它是明朝万历年间到桐乡来安家落户的,可是来桐乡不久,晒红烟就成为桐乡的新贵。肥沃的土地,充沛的雨水,足够的阳光,晒红烟的种植,有时候超过桐乡的蚕桑,史书上说它"利较桑麻尤厚"。我过去在桐乡生活和工作时,知道晒红烟在清明过后,农村里就大面积种植,到盛夏就收获,此时的桐乡不少地方,屋前的场地上,村边的大路口,都是满满的"烟帘"——一种竹篾编成专用晒红烟的农具,晒成色泽红亮的烟叶,整理以后卖给收购商供销社,这是一种时间短见效快的土特产。但是,桐乡人自己不抽这种晒红烟,太辣,太冲,和桐乡人的脾气、性格不太符合。而另一种在桐乡声名鹊起的土特产,就是至今仍在高调营销的杭白菊,杭白菊的历史同样并不长,大概三百年吧。那时桐乡的名气不大,自己的特产,只能借杭州来命名，弄得现在的外地人老是问"杭白菊"是杭州哪里出产的。我们回答："桐乡呀！"外地人不相信，桐乡的怎么叫杭白菊？让我们一言难尽！如果放在现在来命名，杭白菊可能就是"桐白菊"！至于杭白菊种植的经验，桐乡老前辈农学家张履祥在《补农书》里说："若种之成亩，其利自种豆自倍。"可见杭白菊是要成片成片种植的，如果种几株，那只能是自己看看，观赏观赏。所以今天我们看到上百亩杭白菊的"菊海"，说明杭白菊的这种规模效应，我们桐乡早有经验。而现在人们餐桌上的桐乡榨菜，对桐乡来说是个新朋友，到桐乡安家落户还不到一百年，它是1931年桐乡人从四川引进来的，现在在桐乡已经家喻户晓了。而桐乡槜李是桐乡土特产中的老前辈、老大哥，据说在两千五百多年前就在桐乡落户了，而且当时就被列为吴宫贡品，可见历史悠久，早就是珍品。然而两千五百多年历史风风雨雨的传承，槜李依然保持着它的上千年的光鲜，两千五百多年的种植，依旧是桃园村作为它的源发地！这是一个奇迹！一个两千五百多年前的土特产品，竟然能够找到它生长的根！而且没有变化，这是少有少见的奇特现象！这颗小小的槜李，其生命力是何等的强大！它的文化，它的历史，它的内涵，它的魅力，足可以写几部槜李丛书！

　　记得我在桐乡工作时，槜李的影响还不大，但知道它不一般。它虽然个头不大，和一般的李子差不多，但是它的颜色琥珀一样鲜艳，成熟以后，颜色更加漂亮。尤其让人奇怪的是，槜李果顶都有一个指痕，传说是西施留下的指痕，这一美好传说，让桐乡人对槜李多了一份敬意，即使没有吃到槜李，也会对槜李留一个美好的向往。其实，槜李不仅仅是因为西施而美好，还是因为其肉质独一无二，味美到无与伦比，生有生的清香，熟有熟的甜蜜。当地方志上说槜李："果肉淡橙色，肉质硬熟时致密，鲜甜清香，脆而爽口；软熟后化浆，浆液盈溢，蜜甜酒香，风味独特，为群李之冠。"所以见到这样的文字，自然会满口生津，充满着品尝的欲望。桐乡槜李这种历史和现实都美好的重叠，让一颗小小的槜李有了传承的厚重感。

时间的一维性并没有影响桐乡槜李的发展，恰恰在时代的阳光雨露的空间里，槜李依然光鲜艳丽，看着，是那样让人垂涎欲滴；拿着，是那样让人小心翼翼。从两千五百多年前走来的桐乡槜李，永远是桐乡的珍贵果品，永远是桐乡的风雅！这样的风雅，既洋溢在《十五个槜李》中这些散文家的作品里，同样洋溢在这些散文家的心里。我没有到槜李源发地参观过，但是这些来自嘉兴、上海、杭州、南京、无锡、温州、慈溪、余姚的长三角文艺才俊邹汉明、但及、鲁晓敏、汗漫、杜素娟、甫跃辉、胡弦、黑陶、周华诚、刘克敌、干亚群、峻毅、施立松、朝潮以及魏丽敏等等作家们的作品，让我们对桃园村槜李神往的同时也品味到槜李浓浓的历史，品味到槜李悠久的文化以及槜李的鲜美。所以去不去梧桐桃园的槜李源发地，一样能够感受到桐乡槜李的美。

相信梧桐街道组织这样的桐乡槜李采风活动，对桐乡的传播、桐乡槜李的传承,乃至世道人心的滋养,都是有益的。槜李的故乡桐乡,阳光雨露,欣欣向荣,永远是一个好地方!读过《十五个槜李》,感想如上,是为序。

(作者为浙江省新闻出版局原局长、中国作家协会会员、高级编辑。)

目 录

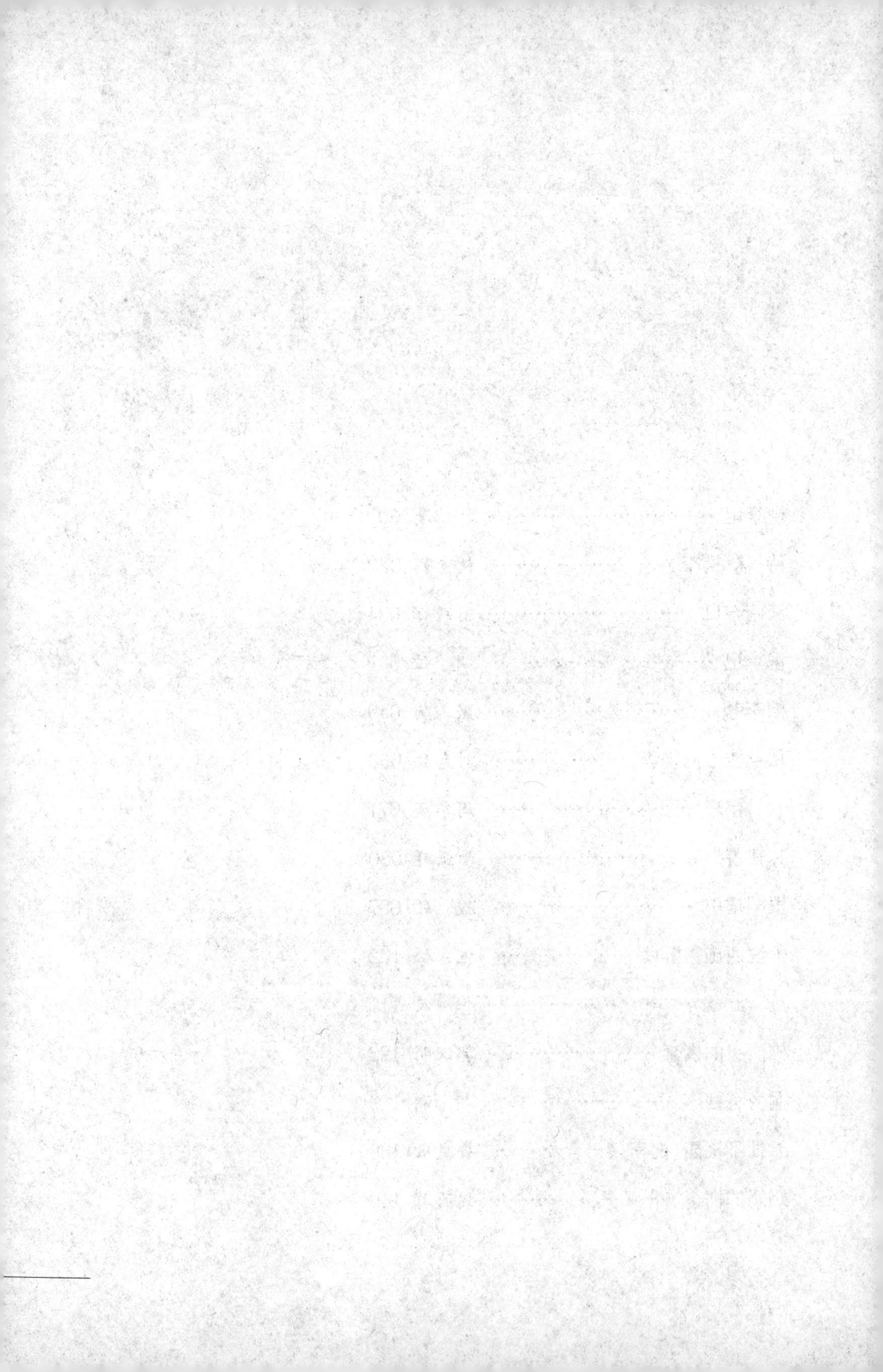

槜 李 记

汗 漫

1

桐乡姑娘魏丽敏邀我去品尝槜李。

"小暑了,吃槜李的时候到了——只有两周时间可以吃呢,娇气得很呢——晚了,槜李不等人了——熟了,落果了!心疼人呢!虫子们高兴着呢!"丽敏在电话里嘀嘀咕咕,像布谷鸟一样说。我笑了,就在一个周末背起双肩包去了桐乡。

槜李,既是李子中的珍品,也是一方地域之名。

桐乡城外桃园头,二十世纪三十年代建制为"槜李乡",春秋时代名曰"槜李墟",这名字好看也好听。"槜李产于桐乡南门外,为最上乘。果大味甘,足以傲睨一切。产李之中心区,曰槜李乡。所产之李,甘美逾恒,迥异凡品。"民国时代的桐乡画家、槜李种植者朱梦仙,在其著作《槜李谱》中如是说。

公元前五百一十年,发生过著名的"槜李之战"。吴王阖闾气势如虎,"兴师伐越。越王勾践使死士挑战,三行,至吴陈,呼而自刭。吴师观之,越因袭击吴师,吴败于檇李"(司马迁《史记·越王勾践世家》)。——勾践安排勇士,在敌人阵容前排成三行依次挥剑、高呼、自杀。吴军将士目瞪口呆,止步不前。越军趁势进攻,以弱胜强。吴王阖闾受伤撤军,亡。

"惟有草木懂得土地的滋味。/ 惟有血液离开心脏后/ 会真的满怀思恋。"(斯特内斯库)惟有檇李懂得吴越滋味,又让品尝檇李者用血液和心脏,领会春秋风雨。

以"檇李"命名的这一战争,疆场远远大于檇李墟、檇李乡,涵盖嘉兴周围吴越边界地区,可见当时檇李种植范围之广阔。吴王弓箭越王剑,此起彼伏二十载,造就"卧薪尝胆""十年生聚,十年教训""鸟尽弓藏""兔死狗烹"等等成语,也让檇李这种果实,参与叙事和抒情。

"朝为越溪女,暮作吴宫妃。"(王维)西施忍辱负重,以身体的美拯救故国,自越地赴姑苏吴宫途中,靠檇李治愈心疼症。她在一颗檇李上,留下一弯新月似的指尖掐痕。这"新月",通过檇李果核与果核生成的檇李树,遗传后世,成为桐乡檇李的防伪标志——其他地区的檇李,没有这一痕迹。因留恋檇李,西施与范蠡隐居桐乡,生发出"范蠡坞""胭脂汇""汰脚湾"这些地名——范蠡做生意、西施化妆洗脚的地方,种满檇李,人面李花两相映。

西施、范蠡的隐居地究竟在哪里?传说很多。江南许多地名,都与这两个人有关。美的,就是值得眷恋的、想象的,学者一般去考据、论证、辨伪求真,就枘凿无趣了。

时移世易。清代以后,江南檇李的种植区域,集中于桐乡南门外,这是大自然的选择,也是人的选择——此地最宜于檇李生长,移栽他乡,品相不佳;百姓们也最爱种植檇李,琢磨嫁接、除虫、施肥等等技艺。如今,檇李墟、檇李乡或者说桃园头,家家户户门前都有檇李树,屋后甚至有数亩上千棵的檇李林。

于右任题写书名的《檇李谱》出版,使桐乡檇李与南国荔枝、西凉葡萄、洞庭枇杷、闽中橘柚,并肩齐名,确立其在中国李界的地位——周边地域的檇李种植者,读读《檇李谱》,叹息一声,知难而退,琢磨水稻与桑蚕去了。

语言的表达何其重要。就像谁先说出"爱"字,谁就能在激烈竞争中脱颖而出,夺取芳心。

2

在桃园头晃荡,看檇李,想起与桃李有关的众多诗句言辞——

"清溪一道穿桃李""投桃报李""桃李不言,下自成蹊""榆柳荫后檐,桃李罗堂前""其貌胜神仙,容华若桃李""满城桃李君看取,一一还从旧处开""桃李春风一杯酒,江湖夜雨十年灯""应似园中桃李树,花落随风子在枝"……

一个中国诗人,如果没有写过关于桃李的句子,在暮春初夏,惭愧不已。面对校园里的孩子这些秘密桃李,更惭愧不已。他的人生和写作,没有未来。

桃园头的樏李,对于我和我的写作,是一次重要的召唤。

的确有一道清溪,曲曲折折穿过桃园头。樏李基本摘完。果园覆盖一层纱网,防备鸟儿啄食,像美人头顶覆盖一层面纱,防备浪子情种来袭。有鸟儿钻进来,过罢嘴瘾,出不去,撞击纱网,就卡死在细眼处,干枯在那里。这情形,像在隐喻人间的种种悲剧。

"李老师——李老师——"丽敏喊。李应芳哎哎哎哎答应着,从果园里浮现出来。

李应芳在桃源头村小学教美术,兼种樏李。近年来,桐乡涌现许多樏李种植大户,每年评选一个"樏李王"。李应芳是去年"樏李王",培育出年度最大最甜的樏李,像获得某某文学奖。李应芳拿出手机,翻寻去年微信朋友圈内的照片给我看——站在领奖台上的樏李王,表情完全像获奖作家,有着难以自持的喜悦,又尽力保持面部平静,以免刺激同行。

"今年的樏李王是周五福。"李应芳微微失落。"我那一颗参赛樏李,比他的获奖樏李只差几毫克。明年再努力。"

坐在李应芳独幢别墅格局的庭院里,凉风从樏李园上吹过来,就感染上一重甜意。"早来几天,风更好闻。"李应芳看懂了我对风的敏感和赞许,这样旁白,显然是一个细心人。他教美术。春天,夏

携李花开村路香　李磊颖

天,领孩子们坐在橙李园内田埂上画水粉,顺便观察橙李状况。发现有虫害就着急,匆匆进入橙李园深处,背影被孩子们画进水粉里。

"你春天来,橙李花像雪,像霞光,美得很呢!"李应芳领我去看客厅墙上的水粉画作品。果然,在一个美术教师画笔下,三月橙李园涂满雪色和霞光,绚丽之至,像西施?

多年后的现在,李应芳回忆起十四岁那一年春天在公社果园偷偷剪一根橙李树枝条藏进衣襟带回家的情景,内心仍剧烈动荡不已。他起身给我倒桑叶茶,坐下后,表情平静了一些。那年春天,他模仿长辈样子,把一根橙李树枝条,嫁接到门前四棵毛桃树上,"想不到全活了!毛桃树变成橙李树了!等了三四年才结果,吃了,甜得人想哭——自己种的橙李嘛。到现在,我与橙李结缘五十年了。"

李应芳结婚后,兄弟分家,这四棵橙李树归了他,"有感情嘛。起初,一棵树,一年只生十几颗橙李。自家人吃,送邻居亲戚吃。后来,一年一年结果多了,还是自家人吃,送亲戚邻居吃——没法上街卖,橙李娇贵,十多天就得摘完吃完。桐乡人的友情和亲情,都是用橙李送出来的!"我们都笑了。

院子内,我没有看见那四棵毛桃树剧变成的橙李树。或许,李应芳搬家到了这一新址?或许已经伐倒了那些树。我没问,怕他伤心。他心细。发型清爽,白色短袖衬衫很干净。

二○一○年,李应芳的果园达到十一亩。橙李成熟时节,果农们夜夜守护。邻家果园发生过一件奇事:两个窃贼半夜进入果园,抬起看护者沉沉大睡的木床,调整方向,让床头从原来对着的微白大路,改为对着小河。就放心大胆偷采槜李。看护者在梦中感觉到槜李香气的慌乱,蓦然惊醒,跳起来,想沿路追赶,却一头掉进波浪微白的小河。"槜李好吃,果农不易啊……"李应芳感叹。他在自家果园的木床上,拴一个铃铛。

桐乡市在二〇一三年开始大力发展乡村旅游,规模化种植槜李。政府又流转五十亩土地给李应芳,"因为我种槜李有名气嘛。二〇一六年果园进入盛产期,天热得快,大量槜李掉落来不及卖,心疼啊!现在好了,网店销售——二十四小时就能到达上海、北京,外地人也能尝鲜——来,加个微信,明年寄槜李"。

我就和李应芳加微信,在通讯录里注明:"槜李李应芳"。

"李"这一姓氏,应该与李子有关。李白、李世民都爱吃李子吧。大约没有吃过桐乡槜李。否则,一个诗人会一首又一首抒情,一个皇帝会在寄往江南的圣旨里一年又一年唠叨。

3

桐乡石门镇人、作家邹汉明,听说我来桐乡,就从嘉兴城跑来当向导,很合适:汉明是我多年朋友,又是乡土历史研究者,人热诚——他迈开步子朝前走,微微有些左右摇摆,像需要借助摇摆形成风势,散发一下身上的汹涌热量。

两三年没见面了，我们在旅馆里说半天闲话，与槜李有关，或无关。

汉明摘下帽子，露出剃光了的脑袋，举起手像鉴别西瓜一样拍了拍它："去看看南门不？'槜李产于桐乡南门外'——《槜李谱》中说到的南门，不远，去看看？"我响应、起身、跟随，沿一条大街往前走。大街所在区域，原是桐乡城郊田野，在南门外。现在成为居民区、学校、公园、商务楼、餐馆，千篇一律，与其他城市街景雷同。

一个挂着"中原大刀烩面"匾额的餐馆，灯火热闹。汉明说："你是中原人。我们江南人也都是中原南迁客。"这中原大刀烩面，似乎是证据——"味道"，就是万千滋味中暗藏一条还乡古道。酸甜苦辣臭麻咸，群山众水一人归。筷子，就是一叶小舟一头驴？从东晋，到南宋、明末，汉民族一次次南渡，乘舟骑驴自北而来，在江南定居生根。王国维、鲁迅、徐志摩等等士子，远祖一概埋骨中原。鲁迅爱吃河南的小米、面食，脸相和气质，遗传了长江以北的冷意和孤远。

我在新世纪之初移居南方，祖上大概属于寒门平民。在一次次古代战乱中，有能力南渡者，大都是官宦士绅、书香世家。

移民们把北方青桐移植于此，遂有"桐乡"地名，自然就有凤凰来栖——哪怕仅仅是一种幻象。倘若没有幻象的支撑，那沉重的衣冠与肉身，怎么能渡过淮河、长江，渡过一代代的喜、怒、哀、乐、悲、恐、惊？不种高粱大豆，研习桑蚕槜李，把异地改造成故乡，让昆曲、越剧替代豫剧秦腔。一方水土，一种生活方式，适者生存，从植物、动物到人民。

"碗大的桐乡城啊。"汉明感叹，其嘉兴语调里，"碗大"与"伟大"基本同音，似乎也可同义——桐乡这一只碗，养育出众多伟大者，如乌镇茅盾、石门镇丰子恺。

"这里就是南门了。"汉明踩踩脚下石板，似乎一下子回到民国前，像一个归人、侠客试图敲打南门。"这石板，就是当年南门的地基，城门没了。"他随手在空中画一个弧形轮廓。我仰头看看那一个虚无的"城门"，踩踩石板。周围，当年城墙所在位置成为街道，车来人往如同晚潮汹涌。

汉明领我朝南门深处走。一条老街保持原有格局：狭窄的石板路闪烁幽暗光辉，没有路灯。两侧是木质楼房。少年时代，汉明自石门镇来逛街，流连忘返：一楼有热腾腾的美食，二楼有女孩子的脸露出来，明媚如阳春。目前，阒静空寂，居民大都搬入新城区舒适的公寓。只有一盏灯透窗而出，在老街道上印出梯形的光。汉明和我走过去，窥探，见两个老人在灯下对坐于方桌边，喝黄酒，吃槜李，看电视。

老街斑驳墙壁上镶一个蓝色铁牌："南门直街"。

两侧伸出去若干石板路，构成一个"非"字。汉明说，那些石板路都通往两侧的小溪大河。早年，乡下人可以划船到这些石板路尽头，系缆上岸，来老街卖水果鱼虾、买油盐酱醋、下馆子、喝茶、见朋友、说媒、会情人、打官司……

汉明常常随父亲划船进城。"一个碗大的城！"汉明说。或者是"一个伟大的城"。在一个水乡少年眼里，这碗大的城就是伟大的城，接纳、养育、目送——汉明在桐乡上高中，去异地读大学，成为作家，正在写《穆旦评传》，书稿装在他随身所背的书包里。穆旦出生于桐乡以东的海宁，有一首诗《一个战士需要温柔的时候》，我喜欢。其中两句："姑娘，你的每个错觉都令我向往""姑娘，它会保留你纯洁的欢欣"，像写给姑娘般的桐乡夜晚，我喜欢。

走到三处深宅大院前。汉明告诉我，它们都是明代建筑。墙壁如同古宣纸上泼墨。大门紧闭无声息。一处门楣，镶嵌两个金色颜体大字："澄霁"。另一处墙壁标注三个字："此君居"。第三处大门上方的木匾，深刻四字："照古腾今"。一共九个字，都好。

照古腾今，澄霁此君居——像一行宋词、一句元曲。

"此君"何君？四季众生无穷已。

4

现在回想这五年间的生活，处处使我憧憬：春天，两株重瓣桃戴了满头的花，在门前站岗。门内朱楼映着粉墙，蔷薇衬着绿叶。院中秋千亭亭地立着，檐下铁马叮咚地响着，堂前燕子呢喃。这和平幸福的景象，使我难忘。夏天，红了樱桃，绿了芭蕉，在堂前作成强烈的对比,向人暗示"无常"的幻象。葡萄棚上的新叶,把室中人物映成绿色的统调,添上一种画意。垂帘外时见参差人影,秋千架上时闻笑语。门外刚挑过一担"新市水蜜桃",又来了一担"桐乡槜李"。喊一声"西瓜开了",忽然从楼上楼下引出许多兄弟姊妹。傍晚来一位客人,芭蕉荫下立刻摆起小酌的座位。这畅适的生活使我难忘。

一九三九年九月,在广西躲避战乱的桐乡人丰子恺,写下《辞缘缘堂》一文,回忆故乡的春夏瓜果,视觉、听觉、味觉都很畅适。

我随邹汉明指引,来到距离桃源头十公里的石门湾,进缘缘堂,在丰子恺难忘的景象里晃荡。汉明童年生活的家宅,位于缘缘堂后面深巷中。丰子恺的近距离存在,对于汉明走上一条清新文途,大约也有隐秘的影响力吧。

缘缘堂,两层楼结构。楼上走廊一角安静处,设佛堂。丰子恺亲手描绘的南无观世音菩萨像,悬于木壁。蒲团陈旧有裂痕,大约是原物,残留先生的跪痕体温?部分家具、书籍、什物,来自上海生活遗存。比如,一个矮小的竹靠椅,像模型。我坐上去,像在一个括号里填空,是一个不太准确的形容词吧?赶忙站起来,隐约能感受到丰子恺当年的体型与心境、一行句子中的苦涩与喜悦。

若无家国离乱,丰子恺大约想在石门湾终老,否则,不会在一九三三年把缘缘堂建造得如此怡人。但仅仅栖息五度春秋。眼前缘缘堂，由新加坡广洽法师资助，重建于一九八五年——原版缘缘堂，毁灭于一九三七年十一月六日两架日军飞机的轰炸。正门在火焰中焚烧大半，幸存的部分被称作"焦门"，嵌于新版缘缘堂庭院内的一面砖壁，像一个人受到重创的脊背，在雨天也会隐隐作痛吧。

日军轰炸前，丰子恺率家人离开桐乡，向西南大后方迁徙。一九四五年光复后，一个傍晚，丰子恺返回石门湾。随行家人中多了一个在八年流亡途中生下的幼子，丰子恺说，这是赢得的一笔"利息"。眼前缘缘堂是一地废墟，野树丛生鸟相迎。丰子恺根据残留的墙脚石，大致推测出当年厅堂的位置。在邻居家借宿一夜，第二天去杭州另觅新居。一九四九年后，定居上海。一九七五年九月去世，终年七十八岁。

丰子恺没有看到新版缘缘堂。遗憾。不必遗憾。他走到哪里，都把写作、画画的地方呼作"缘缘堂"。以自我为缘缘堂，他随身携带桃花、檇李、樱桃红、芭蕉绿。在故乡度过的畅适生活，促成他笔下一种人间情味强烈的中国漫画，使我难忘。只有桃园头、吴越南方，才会生发一种滋味独特的檇李，使我难忘。

原版缘缘堂建造前，弘一法师与丰子恺进行过一次合作：每人在几个小纸片上各写一字，分别捏搓，再从中随意各选一纸团，展开，两个"缘"字碰在一起。师生相对而笑，遂定下堂名。中国的爱恨情仇、离合悲欢，似乎都可以在"缘"与"缘"之间，得到阐释和缓解，了却困惑与不甘。

缘缘堂内外，有一群少年埋头在画板上练习素描、水粉。丰子恺坐在一尊铜像里，看着他们。这些少年，以及邹汉明、我、魏丽敏等等远远近近的人，都是丰子恺留给人间的无尽利息——那些影响后世生活方式和美学观念的前贤，是巨大本金，像月亮，夜夜支出一些碎银子，让人间变得明亮、安详、温存。

缘缘堂旁边是木场桥，桥下是丰子恺散文中屡屡写到的后河，静静流入大运河。

大运河在石门湾拐了一个弧形的弯，像被臂力蓦然张开的弓。此地，也是吴越槜李之战的疆场。当时垒砌的石门关隘，不复存在。深刻“古吴越疆界”五个楷体字迹的石碑，矗立运河边，像战士遗留的一块脊骨。河上来来往往的货船，满载水泥、钢材、木头、粮食……船身上油漆出的番号，显示其归属与来源：徽州、扬州、南京……

没有客船。民国时代缓慢的客船，丰子恺喜欢。他舍弃当时已经出现的火车、汽车这些新式快捷交通工具，坚持水路出行。经过一个名叫“塘栖”的小镇，就上岸，喝酒，听戏，住一夜，次日到达杭州，刚刚好。

运河边，曲尺弄，我碰见一个卖槜李的人，守着竹篮。他戴一个大草帽，眉目就省略了，像丰子恺寥寥几笔画出来似的。

5

一九三七年立夏，著名画家、檇李种植者朱梦仙，在桐乡城外晚翠堂，完成《檇李谱》的写作，由上海新中央印刷公司出版。

书名题写者于右任，系国民党元老、上海大学创立人。其女仆，籍贯桐乡，自然而然会带一竹篮家乡檇李，请主人品尝。顺便求得"檇李谱"三字墨宝，使这部书有了权威性和说服力。一个民国女仆，对于当下桐乡檇李事业发展的推动作用，不可低估。

《檇李谱》赓续宋代蔡襄《荔枝谱》、南宋韩彦直《橘录》、清代褚华《水蜜桃谱》等等同类著作之传统，由"起原""地考""科属""别名""辩证""树性""嫁接""整枝""远移""花期""影射""时候""消息""驱雾""贡献"等等简短章节组成。是檇李种植工艺教科书，也是檇李赋。

全书半文半白，亦俗亦雅，完全可以看成一个作家的经验谈——

"檇李，为果中隽品，味之甘美，实罕其匹，古人有珍果之称，良不谬也。"诗为文学之隽品，好文章的秘密是保持诗性，以独特的滋味和悠长的抒情美感，惊心动魄。

"檇李树性坚强，不易长大，嫁接之后，六七年方能结实。如结实太早，必须完全摘去，否则元气早泄，竟难发育，或至枯萎而死。"一个作家的坚强成长，需要缓慢蓄力、内省，不宜迷惑于那些过早到来的光荣。

"结实之初，远近人士皆来探问消息，以为他日馈赠亲友之需。"好作家新作落笔之初，就会有远近报刊或出版社来探问消息，以为他日版面增辉夺目。

"东有梅里、竹里，南有海盐，远不若桐乡产者之硕大甘美，良以产地正确使然也。"作家要找到自己的笔所能扎根之地，"一个人无非是气候和个人经验的总和而已"。福克纳如是说，遂写出美国南部的约克纳帕塔法县。类似于沈从文写出长河湘西，丰子恺写出桐乡缘缘堂，"良以产地正确使然也"。

"树之能结佳果，端赖整枝，槜李亦然。不加修剪，枝条紊乱，产李难期美满。弱小枝、过密枝、有病枝、向下枝，剪除务尽。"文章能否成为佳作，端赖修改，炼字、炼词、炼句、炼意。虚假的情感、冗赘的语言、不准确的表达，须删除务尽。

"蛀主干者，有天牛。害叶以蚜虫为最烈，次有毛虫、绘书虫等。害果者，象鼻虫最烈，次有木叶蛾、折心虫等等，或害叶，或害果，或果叶兼害。而扑灭实属不易，总宜时时视察，未成燎原，治之尚易。"一个作家的人格、观念，决定作品的生命气象，若不对精神病灶保持警觉和省察，则天牛、蚜虫、毛虫、绘书虫，纷纷至。

"产额既少，而价值又昂，慕名之士争购以遗亲友，而远道戚友，每多隔年驰函索取者。故槜李不论荒熟，寒素之家，往往毕生而不知其味者。"好作品是稀缺的，只能"献给无限的少数人"（希门内斯）。

"檇李栽植者，均系乡人，多墨守旧法，不事改良，故近况颇有衰落之象。"笔墨系于时代之变迁，"惟陈言之务去"（韩愈），如同晨雨新溪潺潺而下，不断加入，更新汉语文学传统这一条伟大长江。

……

朱梦仙擅长工笔花鸟画，所绘蜻蜓、螳螂、知了、蜜蜂，惟妙惟肖，畅销于三十年代京沪两地画廊坊间。这是意料中的事情。一个精通农事的人，必然工笔般无微不至。大写意、泼墨一类画风的人，只能画山画水画云天，不会种桃种李种春风。朱梦仙在自家檇李园里养了大群蝴蝶，以便观察、描摹，故被称为"朱蝴蝶"。

奥地利诗人里尔克也热爱果园、书写果园。"好好望着这果园：/ 它的负重不可避免，而同样的不适 / 酿就夏天的幸福。"他流连，他咏叹，但那果园肯定不是檇李园。他痛惜于一枚苹果最糟糕的命运——被蜡封成一种装饰品，与风和阳光绝缘。

中国的檇李决绝如烈女子，造就吴越夏天的幸福，转眼间消散于空气和味蕾，持久温存于人心。

一九四〇年秋，朱梦仙病逝，四十四岁。不知道化为朱红色的蝴蝶没有。

词牌"蝶恋花"产生于唐代，又名"凤栖梧"，非常适合桃园头、桐乡，有助于抒情，抒发深情、艳情与悲情。

苏轼用这一词牌写过好句子："簌簌无风花自堕。我思君处君思我。"

6

魏丽敏的奶奶在自家门外种了七棵檔李树。

奶奶名字叫"阿金"。她留一篮当天清晨摘的檔李,等我。还有刚煮熟的玉米,新摘的、带着黄花和露水的黄瓜。都好吃。

"檔李要早早摘,太阳出来天热了,就熟破了——吃啊,趁新鲜!"阿金奶奶示范:双手把一颗檔李环抱着,揉一揉,再轻轻剥开檔李皮,就满口甜汁了。丽敏把一根吸管插到檔李中:"也能用吸管喝——像喝一罐果汁饮料!"她滋滋喝起来,像孩子。我和奶奶都笑了。多年没有这样甜甜地笑了。吃过檔李后的笑声,绝对甜,没有一丝苦涩和虚伪。

檔李脾性娇贵、傲气,以前只有江南人可享口福。北方人大部分不认识"檔"这一个汉字。现在,每年小暑前后,丽敏在网上帮奶奶卖檔李,但老人还是喜欢提着竹篮到街上卖。"可以见到熟人,聊聊天,再数数钱,挺好的。"奶奶嘀嘀咕咕,语速、语调很像丽敏。

"奶奶每天挣一两百块钱,高兴得很——她来来去去都是我爸、大伯、堂哥开车接送。她只算自己卖的果钱,汽油费算晚辈们孝敬的,不算在成本内,就盈利多多呢。"丽敏嘀嘀咕咕说。我笑了。今年夏天,阿金奶奶可以收入六千多元。老人低声说:"给孙女攒嫁妆呢。你给她介绍一个好小伙子吧——她不急,我急呢。"我也低声说:"放心,好小伙子很多呢。"老人就又朝我手里塞一个檔李:"这个大，吃！"

门前有一小片桑园。阿金奶奶每年养蚕，积累蚕丝，织成蚕丝被，为丽敏准备嫁妆。"这是桐乡老规矩：自家的蚕丝自家织，买来的蚕丝被，情意淡。"老人解释。这些年，槜李价值高于种桑养蚕，大规模的桑园渐渐消失。但村民家舍前后都会有一小片桑园，暗自为女儿们生长。桑园大的人家，女儿多。

丽敏随奶奶的姓。爷爷姓陈。早年的阿金很美。年老了，依然白皮肤、大眼睛、绸衫、短发，清清爽爽。当年，邻村陈家少年喜欢阿金，非她不娶。阿金没看上这个瘦弱少年，拒绝。少年就去当兵，退伍，有了一身英气豪气，登门求婚。阿金动心，提出两个条件：少年要入赘作上门女婿，后代要姓魏。少年朗声回答："没问题！"于是有了一代又一代魏家人。陈姓的爷爷毫不在意，一生宠着阿金。

槜李树上最好的那一颗，爷爷每年春天在花瓣枯萎、果实初萌的时候，就开始观察、选择、决定。看中了，每天在树下盯着它，防鸟啄，防野孩子来摘。三个月后，熟了，小心翼翼摘下来，给阿金吃。爷爷看着阿金吃，表情很心疼，很甜蜜。或许，在爷爷眼里，阿金就是最好的槜李，看中了，用一生盯着她。

必须相信爱情的存在，否则这苍茫人世怎么值得眷恋？爷爷或许一辈子没有说过"爱"这个字眼。大概也不知道有一种诗体叫"爱情诗"。许多被称为"爱情诗人"的人，毫无爱的能力，在分行的句子中虚构心跳和泪水，最后孤寂而死。他们的书房窗外没有槜李树。

几年前，槜李果期刚罢，爷爷的一生圆满完结。丽敏学着爷爷的样子，每年观察、选择、决定，给阿金奶奶摘下最好的那一颗槜李。奶奶边吃边嘟囔："还是你爷爷摘的槜李好吃。"吃完，哭了。

离开阿金奶奶家的路上，丽敏讲了这一故事。我没有说话。

桐乡城灯火灿烂，不像槜李花那样开得淡雅，像一群群凤凰热烈栖息于梧桐高枝——桐乡，你的每个错觉都令我向往。桐乡，槜李会保留你纯洁的欢欣。

道别的时候，我对丽敏说："快点找一个给你摘槜李吃的人吧。"

汪漫：生于中原，居上海。诗人，散文家。著有诗集、散文集《片段的春天》(1993)、《水之书》(2003)、《漫游的灯盏》(2009)、《一卷星辰》(2017)、《南方云集》(2018)、《居于幽暗之地》(2019)。曾获《诗刊》"新世纪(2000—2009)十佳青年诗人""人民文学奖"(2007年度，2014年度)、"孙犁散文奖"(2015—2016双年奖)、"琦君散文奖"(2018年度)等。

诗·味·檇李

杜素娟

一

在人类的食谱里,水果,也许是最特殊的一种。它不同于用来饱腹的主食,也不同于用来强身的肉类。对于人类而言,它的存在轻盈、灵活、忽隐忽现,并非必不可少,但绝对是人类食谱里最具诗意的一种境界。

只有它,最直接地通向人类至为企及的甜美与喜悦。

如果以人类的食谱与文学的种类相较,谷物稻粟就像散文,平凡日常,却粒粒饱满,赋予人生最质朴的安详。鸡鸭鱼肉犹如小说,多样烹调,可以清淡可以劲爆,可以大块啖咬,可以回味悠长。各色蔬菜,则若戏剧,虽非主流却有主位,可繁可简,入声入色,给你餐桌最悦目的系列。

那么,哪种食物最像诗歌?

我愿说,水果如诗歌。

热气腾腾、杯盘错落的日常餐桌上,它未必会在。它的出现最具弹性,可以在餐前可以在餐后,可以在早间,可以在午后;它的存在没有铁规,没有必需,全凭性情——宛若诗歌的轻盈和灵性。但是一天之中若不相见,无论肚囊如何饱胀,生活的粗糙和空洞都会立时凸现。恰如诗歌,看似可有可无,但这世界如果没了诗歌,无论怎样富裕繁华,终究蛮荒漫漫。诗歌最能体现文学的精神,就如水果携带着食物的灵魂。它们都与填胃果腹的功利相去甚远,但与精神的饱满、精致息息相关。

在食物中,水果与诗歌最配。

与我而言,爱果如爱诗,品诗如品果。

才女丽敏为我出示一图:大小若杏子,颜色深紫,杂有浅色星星点点。丽敏告我:此果名"樱李"。皮上开小口,可见水润晶黄果肉。丽敏言:这是可以吮吸的果——不需齿咬,只需用手指稍稍揉搓,皮内果肉即刻化汁,或以吸管入皮,或举果至唇边,轻轻一吮,立时盈盈满口,清甜入喉。

爱果者如我,也大为讶然,深为不信——历经半生,也算阅果无数。就算软糯如葡萄荔枝西瓜,入口也是果肉,从未听闻"尚未入口,既已化汁"之说。

丽敏道:可来一观。

二

己亥年、庚午月、丙申日，离沪向南。

浙江有个地方叫桐乡，桐乡有个街道叫梧桐，梧桐有个村子叫桃园。据说，正宗槜李只产于桃园。

当晚几多友人墨客相聚梧桐，约定次日入村寻果。远来为客，桐乡本地诸友极尽地主之谊。相熟不相熟，相谈皆欢，谈的还是这槜李。

话里话外，这果子似乎名气甚大。我不禁暗自惭然。在沪蛰居二十载，与此地相距不过百余公里，竟从未听闻此果，自愧见识狭窄。直到一番话毕，我才渐渐释然：原来我不识知此果，也在情理之中！

这果子极其昂贵，杏子大小的果子，一斤不过十余枚，时价可达五六十元之巨。这果子产量又极小，成熟之际，往往尚未采摘，仅乡里熟知就已订购一空。虽有远道索购者，但也非通过市场渠道，多是亲戚朋友，辗转相知而索买。因此，市面上几乎无它身影，世人大多不知。我相隔百余公里又如何，就算同属浙江地面，不知此果的也大有人在。

随手翻阅民国时期桐乡文人朱梦仙所著的《槜李谱》，讶然发现如下叙述："结实之初，远近人士均来探问消息，俾为他日馈赠亲友之需。如结实少者，价必奇昂，而尚须预定，否则，果熟之后，人争购之，后至者竟不可得。"又有："产额既少，而价值又昂，慕名之士争购以遗亲友，而远道戚友，每多隔年驰函索取者。故檇李不论荒熟，寒素之家，往往毕生而不知其味者！"

这书写于民国二十六年，距今八十多年过去了，世事变化，沧海桑田，可这果子的售卖方式，竟是一直未变吗？！

我不由满心疑问：古时或是民国产量有限，或许受限于生产技能和市场规模。时至今日，多少谷物果蔬都是产量剧增，市场线上线下多元发达，这檇李的种植和销售为何还同百年前一样呢？

依我拙见，凭着今日的人力物力，扩大种植不在话下；凭着今日的网络通信，多少谷物果蔬都已行销全球！既是如此昂贵的佳果，这样局限于亲戚朋友间的小小馈赠、售卖，岂不是暴殄商机？何不大面积推广种植，行销四方，这可是一笔不可想象的经济效益！

当地友人们淡淡一笑，道出原委，竟让我沉默良久……

据友人们的说法，这檇李甘甜美味，堪称果中珍品，但这样珍果竟是命中注定般与我所想象的"横收天下之财"无缘！

这檇李汁液饱满，肌肤娇嫩，难经搓磨，不堪颠簸，无论储藏还是运输，都极其困难。这是檇李难以行销远方的原因。但最重要的，还是檇李独特的天性。

这檇李有认土的天性，很难迁移。友人们言说，桃园村附近有一条河，檇李到了对岸，味道就会大变，若是到了嘉兴，看形状就已经能够分辨。我不信，自去翻书。果见那《檇李谱》中有《远移》一章,赫然写道:"植于区域之外者,味必淡;四十里外者,肉质沙而无浆;百里外者,果形小如弹丸,味更不必论矣。"

要想让檇李离乡而不变味,据说只有一策:把檇李家乡的泥土也一并运走! 在客乡种植前,先在地上挖一深三尺、周匝四五尺的巨坑,把檇李家乡的泥土充实其中,再把檇李种植其上。坑要够大,土要够多,以保证檇李的根系无论如何生长也不会触及客乡的土壤。传说如果能够做到这样,在异地种植檇李,檇李才不会移形改味。但要种植一棵檇李,需要携带多少土壤啊,两棵呢? 三棵呢? 要种植一片果林呢? 哪里能够做到?

所以,传说究竟也只能归于传说。

果子大多有恋土之性,正是"橘逾淮而化枳,梅渡江而成杏",但如此不肯变通,也是少闻。果子大多肌肤娇嫩,难忍搓磨,但类此冰雪肌肤、水样年华,同为罕见。

我听闻这些,默然良久,也正为此。

这世上就是有一种性情,不媚俗不应市,不求浮名、不逐广利。心平气和、甘居一隅。求的是不移情,不改性,天性浑然,内里圆满。这性情在人,我视他为高士;这性情在文,我说它是诗。这檇李之果,我看它有高士之风、诗歌之质。所谓高士,知他者甚少,但知者莫不敬其高。所谓诗,追随者不众,但追者皆会享其质。可不就是大家言谈中的檇李果么?

若说水果如诗,这檇李果该是有高士之风、隐逸之质的极品诗

槜李花盛开　沈伯鸿

歌了。

　　但,这也许只是我未见其果、先发其想的牵强附会。不过,想早些见到这果子及其枝头模样的心情,倒是越来越热切了。

三

　　天气预报说,有雷阵雨到中雨。

　　天亮,竟是灿烂阳光。一行人的心情也立时灿烂起来,有说有笑,乘了大巴,直至桃园村。

　　我感叹此地地名的优美,桐乡—梧桐—桃园,处处都有雅意。传说,此地曾有凤凰落脚。神鸟凤凰,非醴泉不饮,非梧桐不栖。因桐乡多梧桐,才引得凤凰收翼落足于此地,此地至今仍有许多以"凤鸣"命名的地名和学校。

　　我暗自揣摩,那样的檇李果,也该出在这梧桐馥郁的凤鸣之乡,才是天意。

　　带着对梧桐凤鸣之乡的敬意,再看窗外景致,越发觉得这桐乡之地绿意葱葱、清爽雅静。尚在观赏路边的环荫绿树,忽听友人们提醒:看两边田里,蒙网的就是檇李树!

　　倾身而望,果然! 郁郁葱葱田地里,有不少蒙着"面纱"的树,有些连片,有些则三三两两,伫立在田间地头。友人解释说:鸟类喜好竟和人类无差,也喜檇李。每每檇李成熟,人类还未采摘,鸟类已经蜂拥而至。越桃林,过梨丛,直奔檇李。果农无奈,只能给檇李整棵树张起大网,让鸟类无从得进。

我看这檇李个头不高,与一般的桃树、李树、苹果树,相差无几,很是普通。友人们笑言,若是开花季节前来,才叫好看!这檇李开花季节不长叶片,满树只有花,雪白晶莹,层层叠叠缀满枝头,有樱花的丰腴,却比樱花清雅;有玉兰花的风姿,却比玉兰繁美;树矮枝低,伸手可触,也比玉兰更为亲人。

《檇李谱》中果有描述:"每一花苞中,有花一二朵至三四朵,故花甚繁密。盛开之时,弥望皆白,枝条均被掩去。花聚簇成球状,雅淡素艳,洁逾梅萼,身入其中,疑在香雪海里。"朱梦仙先生更是直言下论:"虽虢国早期,无此素艳也。"

众人纷纷称叹,错过花期,实在令人遗憾。

友人笑道,再晚几天,只怕果期也要错过了,这几天是檇李枝头最后一批果子了。这批果子采了,就要等明年了。此为檇李,三四月开花,不过一周;六七月成熟,"先后不过一旬"。不等不候,错过就是错过了。

听上去,也还是那番淡然自我的性情。

车子停下,众人进村,先去一敞亮大厅。真是令人惊讶,好大一个厅堂,只为讲清檇李的历史,这檇李竟是一个有故事的果子!

故事的起点可以一直推到吴越之时。当年吴越交战,战场就在一处名叫檇李的地方。据说,古时的檇李城外,向西有百里荒原,常见青磷鬼火,那正是古战场所在。越国战败,献美人西施入吴。西施乘船沿河而进,走到槜李城外暂作歇息,有一当地果农,赠她槜李果。这槜李城是西施去国的最后一站,她定知离开槜李城,就难回故土。彼时的西施手捧故乡人赠予的果子,心中该是如何的幽怨和伤感呢?

于是,有传说言,西施食果之时,在果子的底部留下浅浅指痕。神奇的是,从那以后,槜李树再结果,果子底部竟都增加了一抹细细的指痕印迹,直到今日,依然能在一些槜李果上得见此痕。历代文人墨客大为惊讶,纷纷作诗感叹:"听说西施曾一掐,至今颗颗爪痕添","爪痕依然在,遥遥千百年"……

古事说不尽,情感却相通。我想,西施在果上留痕,那是手捧故乡之果、哀伤心悸、手指微颤的结果,而槜李自此代代生痕,那是不愿遗忘那一段哀伤,也不愿让故人逝去无痕的决心吧?

好一个有情有义的槜李城,好一个缱绻念旧的槜李果!

那么,这曾是吴越古战场的古槜李城、这为西施美人献上故乡最后甘甜的果农后人,今日何在呢?

就是这桃园村。古时此地以果命名,名为槜李。今日名为桃园村,曾名桃源村,又称桃园头。是唯一出产正宗槜李的地方。

正是:要识槜李果,先须见桃园。

四

出得桃园村村口展厅，从厅后寻一路，斜斜沿坡入村。竟是一处有坡有河、有树有田、有花有果的所在。

现在的富裕乡村大多仿造城市模样，在村中起小城。我也曾参观多处现代乡村，都是改变了旧日乡村模样，条条马路，排排楼房，村中有雕塑，有广场……一派微型城市的模样。

但这桃园村大是不同！

既未大片铲绿建广场，也未排排造高楼。楼是有的，但既不成群也不成片，而是各自散淡随意地立于花旁林间，不是藏身于坡后，就是隐身于树丛。仔细看那建筑，分明也是难掩富贵之气的。砖瓦既讲究，门面院落也精致。雕花栏杆、铜铸门环、落地大窗、富丽阳台，家家可见。但这富贵之气不张扬、不显眼，在一片绿意花丛间极力地谦逊躲闪，不与花草争艳，更不向田林夺目。持富贵而低敛，向自然而谦卑。削减了物质的喧嚣锐气，与花草林木融为一体，拥有了现代生活的便捷，也未伤自然村落的葳蕤之美。

步步走来，句句叹服。

这桃园村更令人惊讶之处，就是盛产果木。房前屋后，路边墙角，小河两岸，到处郁郁葱葱，枝叶繁茂。同行诸友，兴致盎然，以数果木为乐，数至半途，已是难掩诧异：一户户农家，院中有橘，房后有梨，路边种桃，一架架过街木廊上缀满了葡萄。行至河边，矮矮丛木中硕果累累,乃是青柿;树上横枝低垂,果实压头,竟是蜜柚!

村民介绍,桃园村最适宜种果树,本地的檇李不移乡,外地的果子却接纳。任何一种果子栽在了桃园,长出的果实都格外甘甜味美。据称,当地政府曾经邀请科研人员,检测本地土壤和水质,试图揭开宜果之谜。但至今无解。科研虽无解,果子还是照甜不误。不只果子,就连当地的蔬菜都比别处美味合口,甚至村中小河中的鱼虾螺蛳,也是清香美味。蔬菜清炒,鱼虾简烹,并不需复杂程序,只以少许油盐,就能做出别处没有的美味佳肴。

众人连连称绝。

这就是所谓天赐之地、地选之民吧。

它名为桃园,原不负桃源气质;它名为檇李,也合该为檇李生长之地。看此处的人、物、景,皆是一番从容不迫的气氛。这些古老族裔的后人,守着如此天赐之地,又怎会生出仓皇窘迫、鼠利逼仄之气呢!

当然,桃园村的重头戏还是檇李。

进得村来,檇李已是随处可近观。家家户户,门前屋后大多都有几棵檇李,也照旧蒙了细网。到了田间,更是丛丛可见。在桃园,种得最多的,还是檇李。在我们的队伍旁边,不时有村民笑嘻嘻擦肩而过,也有小巧的电瓶车,拖着小小的车厢,颇为安静地驶过。让这些村民露出喜悦的,是他们手中、车中的篮子、筐子——里面紫莹莹的,正是檇李果。

槜李最后的丰收季。这并不多产的丰收果，支撑着这个村子的底气，供养着这古老族裔的后人。村子里有再多果类，也都是散曲，只有这槜李，才是桃园的主旋律。

热情的村民便以槜李招待我们。那样珍贵的果子被成盘成盘地置于面前。

未见之前，听了那么多故事，看了那么多风景，如此多的铺垫和悬念，但在佳果入口的一瞬间，一切都归于至简与至繁。

说它至简，一切的往事和掠影，都归于最终极的甘甜之味。那种甜，纯粹到简单——不是甜到发腻的甜，也不是寡淡单薄的甜。那种甜，就是让你感到安慰的甜，也是让你感到喜悦的甜，不是只停留在你的味蕾，而是能触动你心情的甜。说它至繁，这舌尖上清纯的甜味，却容纳了那么多沉甸甸的古意，那么多不可言传的神奇。它的古老，它的神秘，它所携带的吴越旧事、历世苍凉。

至繁至简融于一体的那一种体验，就是槜李。

也许，正因为它所携带的记忆太多，经历的世事太沧桑，它才具有了这样神奇少有的化浆天性吧。携带的记忆太沉重，也许只有化为至柔之力，才能背负；见过的沧桑太多，也才会化为吮吸之果——那里面含有最极致的安慰和体贴。

我们带着敬意行走在槜李的林间，又带着惊喜发现掩映在枝叶间的紫色小果。那被叫作槜李的果子，或高或低，有缀于枝头的，也有直接长在树干之上的。每只小果都有几片细巧的绿叶托着，看在眼中,让人心生怜惜。

友人们忙着寻找西施留下的掐痕,竟然不多。把那小小的紫色果放于掌心,小而圆的一个,我就想:寻不到西施留下的指痕,也许正是好事。想它所携带的吴越记忆伤心事,皆已随流水而逝,不再令人心碎了吧。

但檇李,依然是一个奇迹。

当你品尝着历经多世、未尝改变的滋味,想到在古老的越国,悲伤的离人西施也尝过这同样的甘甜,果汁入喉的那一刻,也感受到了同样的檇李赐予的安慰和喜悦——这至今未变的滋味,本身就是力量,早已实现穿越古今时空的奇迹。

所以,我愿说,所有的水果都是诗歌,而檇李是诗中之诗。不只它的隐逸、它的淡然、它的土地深情、它不为世事所改的浑然天性,还有它至柔的力量、至久的恩赐……

也正是这样诗性的檇李,才能培养出这一方后人。

因为这檇李不高产、不滥生,这些后人也不贪——一季一收,馈赠或是售卖,结束就是圆满。他们不逼迫这古老的珍果去迎合那喧嚣无度的市场。他们只迎合它的心性,敬心敬意地借它的荫泽。

果子产出有限,但人的智慧无限。他们在檇李林里养鸡,养鸡也不滥养,要能陪伴滋养这果林,而又不打扰了古老檇李的生长。鸡是要数着养的,不能胡乱放着养。檇李和鸡群就合二为一了,檇李生长得更好,鸡群也因此命名,成了知名的檇李鸡。檇李不易保存,皮薄汁多,难耐搓磨。很多人会说,何不改良？但那冒犯了樜李。桃园人不用现代戏法去改动樜李古老的品性。鲜果不易保存？那就动脑筋,造果酒、做果酱。要变戏法,就去延续它的精华,而不是改动它的灵魂。

是聪明的桃园人,也是心有敬畏的桃园人,才配拥有这样的天赐之地,作为地选之民,享用这古传的珍果。

立于樜李之地,目睹它所生养之人,我想,到底是桃园的樜李生养了古老族裔的后人,还是这古老族裔的后人庇护了这古老的珍果？

天人合一,才有奇迹。

若说樜李是诗,代代侍弄樜李的人们,就是诗人。以不移情不改性的决心,守护一份古意;以节制收敛的谦卑姿态,传递一份天赐之礼。有了这样的一群守护人,古老的樜李才能这样独处一隅,不被世事所改,不被金钱所侵,历经多世,风姿未移。

也许这才是桃园这天赐之地最让人沉醉的风情,也是樜李这诗一般珍果最值得品鉴的意味吧。

杜素娟:文学博士,博士后,华东政法大学教授。研究方向为文学与伦理学。教学领域为欧美小说和中国现当代文学。出版有《烟雨愁人:琼瑶传》《沈从文与大公报》《孤独的诗性:沈从文与中国传统文化》《现代性伦理的设想》《市民之路:文学中的中国城市伦理》等。

江 南 一 日

甫跃辉

浙江文学院魏丽敏发来信息，说她老家桐乡要办一个有关檇李的文学采风活动，问我有没有空参加。末了，补充说，果子正熟。这句话，勾动了我前往江南的心思。

我所安身的上海，从地理位置上来说，自然属于"江南"无疑。但在我的潜意识里——可能也在很多人的潜意识里，不大会把上海想象成"江南"，或许是因为上海总以现代、时尚的面目示人吧。想象中的"江南"，当是这样的："江南好，风景旧曾谙。日出江花红胜火，春来江水绿如蓝。"或者，是这样的："正是江南好风景，落花时节又逢君。"这些平常的字词，组合起来，才是我对"江南"的想象。桐乡这样的地方，正是想象之地。

先去的是果园。檇李树只略比人高，枝桠在差不多人膝盖高的地方杈开。这和我见过的李树很不一样。果园中有一条小路，我和小魏走在最前。她是本地人，一副轻车熟路的样子。她说她家离得不远,家里也有好几棵槜李树,年年挂果,就在几天前,她才帮着奶奶卖槜李。说话间,槜李树下看到一个竹筐,空的,小魏顺手提在手里。"你看,那有一个,那儿还有一个……"小魏对着四面的槜李指指点点,"幸好还有些果子,我一直担心,可别你们来了,槜李都没了。槜李成熟,前前后后就这么一二十天……"说话间,小魏提着篮子猫腰钻进槜李林里,在疏阔的枝桠间钻来钻去。"我们多摘一些,待会儿给大家分着吃吧。"小魏的声音远远传来。

置身槜李林中,时时感受到泥土的潮气,听到草木的呼吸。槜李摘下来,擦一擦,即可入口。吃槜李是很讲究的,可不能"啃",只能"吮"。小魏说,熟透的槜李,果肉近乎化为了水,只要咬破一点儿皮,便可将全部果汁吸入口中。手中只剩下槜李皮包裹着一颗果核。这是我从未听说过的吃李子方法,怪不得槜李又被称作"醉李",这新颖别致的吃法,真如喝酒一般。试了几次,果然美妙至极。可惜,槜李的甜美,是我没能力言说的。

在我苦练"吃槜李大法"的时候,小魏一直在摘李子。"摘不到就爬上树,我帮奶奶摘李子,也经常这样爬到树上……"小魏从树上下来,竹筐里的槜李已经有了小半筐。

回到午饭处,来了几位当地种植槜李的能手,他们带来的槜李更大,把我们摘的都比了下去。不过无论大小,美味是一样的。

问小魏有没有可以快递槜李的地方,饭后,趁着大家聊天,小魏过来喊我,说要带我去寄快递,连槜李都已经备好了。下着小雨,我们撑着伞,走过一片檇李园,穿过一户户人家的房前屋后,来到一处开阔的小市场。绝大部分店铺,售卖的都是檇李。穿过小市场,拐去一处院落,才是快递点。小魏娴熟地找来纸箱,放进泡沫垫层,然后将檇李一个一个塞进垫层里。快递完毕,我们又撑着伞,穿过细雨织成的幕墙,往来处去。小路,花草,檇李林,小河,石桥,白粉墙,江南乡村的风景,是这般气定神闲。

饭后去丰子恺故居。来之前,我并没想到这儿有先生的故居。我更熟悉的丰子恺故居是在陕西南路上,离我供职的上海作家协会不远。然而,这么多年从它边上经过,我从没走进去过。兜兜转转,却来到了桐乡,来到了对先生意义更大的另一处故居——缘缘堂。先生写过好多篇关于缘缘堂的文章,比如这篇《告缘缘堂在天之灵》:

> 夏天,红了的樱桃与绿了的芭蕉在堂前作成强烈的对比,向人暗示"无常"的至理。葡萄棚上的新叶,把室中的人物映成青色,添上了一层画意。垂帘外时见参差的人影,秋千架上常有和乐的笑语。门前刚才挑过一担"新市水蜜桃",又挑来了一担"桐乡醉李"。堂前喊一声"开西瓜了!"霎时间楼上楼下走出来许多兄弟姊妹。傍晚来一个客人,芭蕉荫下立刻摆起小酌的座位。这一种欢喜畅快的生活,使我永远不忘。

这情境多么亲切。写的不正是当下的季节么？缘缘堂里，芭蕉绿着，爬山虎绿着，嗡嗡嗡的巨大声响回荡在宁静的空间里。是什么声音？四处探寻，方知是蜜蜂。蜜蜂们隐身在爬山虎的绿波里，几乎看不见，声音却毫无遮蔽地冲击着每一个人的耳膜。想来就是在故乡的养蜂人家，所听闻的蜂声，也不过如此吧？然而，我知道，这甜蜜的声音是先生不忍闻的。

越是在缘缘堂有过美好的日子，历经兵燹后，回忆就越发苦痛。在日军的炮火下，缘缘堂早已化作齑粉，如今能够得见的，只是爬山虎掩映下的一扇几近黑炭的木门……

朋友们在缘缘堂休憩，我想出门走走。问有没有人一起，先是但及兄跟上来，走出没几步，朝潮兄也跟来了。但及兄是本地土著，说要带我们去看大运河。"纪念馆边上的河是大运河？""不是，往前走才是大运河。"我和朝潮兄跟着他走。跨过缘缘堂近旁的小河，又走了不远的一段路，一条大河出现在眼前。不用说，我也猜得到，这是大运河了。

说起大运河，马上想到的是"京杭大运河"。眼前的大运河，固然是京杭大运河的一段，然而，历史还可往隋炀帝之前追溯一千多年，直至春秋时期的吴越两国。

公元前496年，越王允常亡故，与之素有积怨的吴王阖闾趁丧起兵攻打越国，允常之子率兵抵抗，重伤阖闾，阖闾败退途中亡故，身死处离"槜李"不过七里地。是的，槜李同时也是个地名。这之后是我们都很熟悉的故事，阖闾临终交代儿子夫差复仇，几年后，夫差复仇成功，然后是范蠡、西施等登场，勾践又向夫差复仇。时间来到公元前482年，勾践下令开凿了桐乡这段运河，名为"越水道"。勾践经越水道到百尺渎，继续北上，打败了吴王阖闾。

在这段彼此复仇的历史故事里，"槜李"作为地名出现，也作为让西施留下了"掐痕"的水果出现，更有一场著名的战争以其命名，那便是勾践抵抗并击败阖闾的"槜李之战"。战事有多惨烈？从一个细节便可看出。勾践从牢房里拉了一大拨囚徒来，让他们径直走到吴军阵前，排成几列，挥刀自戕。这让气势汹汹杀来的吴军将士愣了神，战场上的杀伐他们自然见过，可越军挥刀自宫——不，自戕，这气势谁见过？！越军趁着吴军愣神，一鼓作气，打了一场大胜仗。此时，吴国无论是国土还是军队，都远较越国强盛，所以越国在槜李之战的胜利殊为不易。

俱往矣，这些是2500多年前的事了。逝者如斯夫！眼前的大运河流得不疾不徐，不止不休。我们站立地方叫石门镇，2500年前是越国的土地，大运河对面就是吴国。吴越之间，一艘装满沙子的铁驳船突突突开过去，开船的是个身着大花短袖大花短裤的中年妇女。

小魏打电话来，问我们仨在哪儿，大伙儿要走了。我们说很快就回，挂了电话，忙忙从大运河边穿过。逼仄的小巷，低矮的房屋，陈旧的店招，种种件件，都恍若二十世纪八九十年代。花了好一阵，

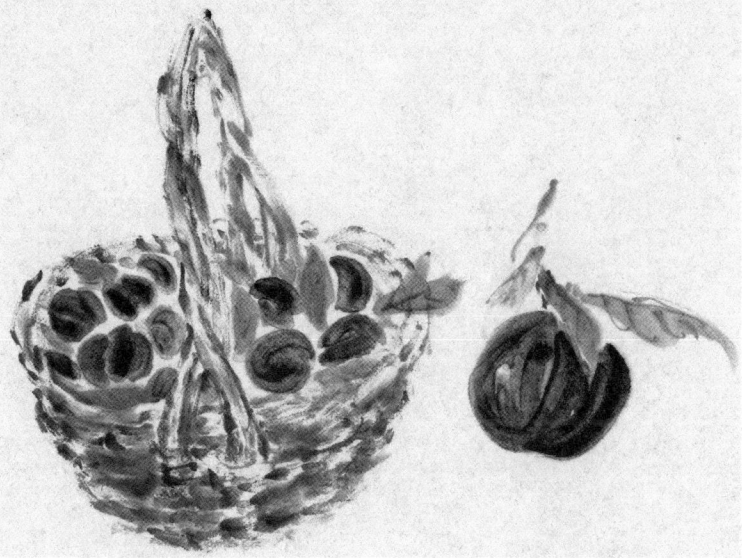

驰名中外之果珍橘李 吴 蓬

我们才从2500年前,走到了二十世纪末,又走到了当下的江南。这是能够安放我想象的江南,只是,我的想象是偏狭的,檇李鲜甜的汁液后,还有太多超出我想象的苦痛。

甫跃辉:1984年生,云南人,居上海,《上海文学》杂志社编辑。江苏作协合同制作家。小说集《少年游》入选中国作协2011年度"21世纪文学之星"丛书;出版长篇小说《刻舟记》,小说集《动物园》《鱼王》《散佚的族谱》《狐狸序曲》《每一间房舍都是一座烛台》《安娜的火车》。2017年4月起,在《文汇报》笔会副刊开设散文专栏"云边路"。

檇 李 记

胡 弦

　　到桐乡,已是晚上十点多了,肚子略有点空。断了宵夜的习惯已多年,不打算出去觅食,进了宾馆的房间,竟发现桌上摆了一个果盘,上有香蕉两根,李子两颗。李子不大,酒红色,色如琥珀,带了些淡淡的果粉,似与他处的不同,拿在手里软软的,洗了一个来品尝,竟甘美异常,忍不住把第二个也吃了。意犹未尽,可惜李子已没了。我在房间里踱步,回味着李子的美味,看着那两根香蕉,却不想再吃,怕寻常滋味坏了李子留在口腔里的味道。

　　等看了果盘旁文件袋里的资料才知,这李子,就是檇李。

　　李子我见过不少,也吃过不少,但这么好吃的李子,还是头一遭吃到。想到檇李闻名遐迩,而我却所知不多,趁着睡意未至,不妨补补关于檇李的课。

　　檇李,因盛产于桐乡,又名桐乡檇李。也有作醉李者,沈苇窗《食德新谱》中说,"它的味道,甜蜜之中,带有一股酒香,所以又叫醉李"。沈还说，李子好的品种大都产在江南，而江南的李子，又以桐乡的为最好……

了解美食，自然要听听"吃货"们怎么说（不过有文化又会写书的"吃货"，称为美食家更妥帖）。沈苇窗，原名沈学孚，桐乡人，1918年生，杰出的编辑家、文史专家，他当初编辑的文史杂志《大人》和《大成》，如今已成为收藏界的热门藏品，而他在报纸上开专栏写美食，大约只是业余爱好吧。其著作《食德新谱》是个系列散篇的汇编，早在报刊上刊登时，就被誉为"兼及食谱、食物典故的绝妙散文"，现在读来，仍情趣盎然。由沈苇窗，我想到了同为桐乡人的丰子恺，也是个精通生活艺术的达人。丰子恺对槜李留过怎样的文字？查了半天，没有找到。

关于槜李更专业的研究文字，却是《槜李谱》，清代王逢辰和民国的朱梦仙都写过。王是诗人、收藏家，朱则种过槜李，更像一个农学家，《槜李谱》当以朱的更好。

朱梦仙，号亦僧，善书，亦是桐乡人。这本1937年在上海出版的书，由于适值抗战爆发，流传极稀少，据说现在只在桐乡还能见到。录一段朱氏《槜李谱》中文字如下："天地之滋生万物，无不有益于人类。鲜艳之花木，以供吾人赏玩。珍异之果品，以供吾人啖食。如南国荔枝、西京葡萄、洞庭枇杷、闽中橘柚之类，均为果中杰出，早脍炙于人口。而吾乡特产之槜李，尤为隽美。其香如醴，其甘逾蜜，虽葡萄荔枝，未足以方其美，嗜之者，莫不交口称誉，推为果

佳果郁天香　马炜龙

中琼宝。"

次日的采风,我们去的地方叫桃园街道。主要参观两处:樏李博物馆和果园。

时值梅雨季,江南正是盛夏模样。车子过了许多溪桥,水光天色,葱茏浙北平原,如一块晃动的绿松石。桃园,亦作桃源,虽是发达的江南腹地,但在掩卷的绿浪间,仍有天地别裁、隐于尘世深处之感。

桃园,原来是盛产桃子的吧,现在,更多的则是樏李园。

博物馆不大,但专为一种水果建的博物馆,我还是第一次见到。朱梦仙《樏李谱》中的文字,已被择其精华,制作成了几十米长的台卷,放在博物馆大厅的中间,供人参阅。美味,也许历来就是风流的一部分,文人之中,一直"吃货"甚多,著名的"吃货",像苏东坡,像随园老人,每每除大快朵颐之外,往往还要诗文记之,甚而制作食单之类。只要述及美食,仿佛人间就趣味盎然,人生也是达观快乐的。其实不然,这些达人,也许正是人生无望,才于细小处去寄托情怀。朱梦仙于乱世中作此书,不知其人其时心境如何。然据本书自序及正文所记,他似曾以种植樏李为业,所营李园名晚翠园。由于朱氏曾亲自培植经营樏李,有直接经验,因而书中才能对樏李的生产和经营,均有较具体详备的论述。这样,此书已不单是文人咏怀,还兼具了学术价值。文人谈美食,多偏风月,而朱氏著述,则有别样的质朴与情怀。

由《槜李谱》中我已知,槜李,是个依恋着小地方的物种,比如只能产于此间,稍稍移植到几十里外的地方,其色香味都将有变,不复其美。地灵与天意钟会,才会有不二佳妙出产,此中有神意。槜李,独钟一处,且又难以久存,采摘之后,两三日间就要吃掉,所以外地人大都不能吃到,即所谓"故李味虽绝妙,而于远道人士,尚少印象"者也。我见博物馆里有槜李所做果汁及果酒展列,应是为其远行所作的措施,只是这样的副产品还能保留多少槜李的妙味,已不得而知。

馆里的墙壁上,另有两样东西引人注目,一是一幅很大的油画,绘的是当年吴越的槜李之战;一是一些图文挂片,记述的是一个传说:西施掐。

中国的地名,每有以植物之名命名者,像桐乡,像黄梅,像攀枝花,还有,像槜李。槜李作为地名,现在已消失了,但曾长久地存在于春秋时期。王逢辰《槜李谱》云:"嘉兴为古槜李地,槜李见于春秋,地以果名也。"有研究说,古槜李和现在的嘉兴并不完全重合。槜李,除做地域名,它还是一座城的名字。关于这座消失的城市的具体位置,也是众说纷纭,但在古槜李这个地方,却发生过一件著名的大事,就是公元前496年的"槜李之战"。那是吴越争霸时期,越王勾践和吴王阖闾间的一次大战。关于这场战争,司马迁先生是这么写的:"元年,吴王阖庐闻允常死,乃兴师伐越。越王勾践使死士挑战,三行,至吴陈,呼而自刭。吴师观之,越因袭击吴师,吴败于樆李,射伤吴王阖闾。阖闾且死,告其子夫差曰:'必毋忘越'。"
(《史记·越王勾践世家》)意思是两军开战时,勾践安排了一批死
士,排成三队跑到吴国的军队前吼叫着挥刀自刎了。人类的战争史
上,还是头一次出现如此奇葩的场景,趁着吴军惊骇不已,越军突然
进攻,大败吴军。阖闾也身受重伤,不久就死了,死前嘱其子夫差复
仇。正是因为这次樆李之战,才有了后来的两国夫椒之战,以及卧
薪尝胆等国人耳熟能详的历史剧情。

此地叫不叫樆李,吴越之间的仗都是要打的,只是这甘美之果
一旦被拉进事件里,也就被动地承担了血腥。因此,品尝果子时,这
或者也会影响人的胃口吧。南宋张尧同有诗:"地重因名果,如分沇
瀁浆。伤心吴越战,未敢尽情尝。"(《净相佳李》)似可为证。

西施掐,则是樆李果上类似指甲掐出的短而弯的纹痕。昨晚食
之匆忙,未曾留意,现在细看墙上图片,一弧浅色细痕从樆李鲜润的
深紫光晕中浮出,果然像指甲痕。只是,如果不说是西施的指甲痕,
断不会想到美观上去。但听了讲解,再佐以墙上的诗词,感觉立马
就不同了。据说,当初夫差替父复仇,败勾践。勾践则施美人计等
手段欲反杀,乃献美女西施于夫差。西施前往吴国,路过樆李,当地
百姓献樆李,西施尝后难以忘怀,然这浣纱女终不是熟练的果农,指
甲不慎掐破了樆李皮。自此之后,常有樆李成熟后会带有类似指甲
掐痕的裂纹,当地人谓之"西施爪痕"。

离桃园不远有石门镇,乃当年吴越两国的边界。西施去国远

嫁，在国界附近吃到美味的槜李，不能忘怀，这槜李的滋味中，或者还有对故国的不舍吧。

槜李之战是史实，西施掐则是传说。传说，大都是美好的，世间最好的果实，也大都会与美人扯上关系，所谓"荔枝以阿环流芳，槜李以夷光驻艳"（清于源《灯窗琐话》），如此，传说中流转的温情，对史实里的血腥也有所稀释。且观古人诗词，也以写西施掐者居多，看来在我们的意念深处，一线掐痕，还是远比那沙场争霸重要得多。录数行清人诗句如下：

"徐园青李核何纤，未比僧庐味更甜。听说西施曾一掐，至今颗颗爪痕添。"——朱彝尊

"槜李陶家异种存，菰林橘好莫须论。青青树上潘园李，尚欠西施一掐痕。"——沈涛

"槜李城倾圮，荒凉几树存。共传鲜果美，爪掐尚留痕。"——秦光第

然后，是参观果园，采槜李。但这已不是采摘槜李最好的时候，因为盛果期已过去了，又加上小雨阵阵落下，摘得一颗槜李，带下无数雨珠，虽然有雨具，不一会儿，很多人身上还是湿漉漉的了，但采在篮子里的槜李，看着是愉悦的，许多人不等拿回去，已兀自吃起来。这次的桐乡之行，我还有一个心得，就是学会了怎么吃槜李。熟透的槜李，与其他水果有很大不同，就是果肉会化成浆汁，食用的时候，轻轻以指破其皮，浆液便可一吸而尽（也有用吸管吸食者，类

似吃汤包），甘甜透心，只余果皮与果核，其过程，神奇且快乐。

雨大起来，我们来到一座大房子里闲话，向导又请了果农和当地文化学者来一同交流。有个人告诉我，桐乡槜李的香气构成十分复杂，有七十种之多。它除了与其他品种共有的四十余种香气外，还有二十多种是自己独有的，所以才能味美如斯。

听了他的话，我不由又多吃了几颗。帘外细雨潺潺，室内的人谈古论今，桌上几盘槜李则静静的，像听众。带着水珠的槜李，如此新鲜，既非战地纪念品，亦非吴宫佳珍，更非遥远朝代或某些大人物命运的携带者。它摆脱了历史和传说，只是眼前带着糖和清凉水滴的这一颗。这不含寄予的自然之物，才符合我们所说的真种的含义吧。

胡弦：江苏省《扬子江诗刊》主编，鲁迅文学奖获得者。

檇 李 考

黑 陶

A 地名

读吴越争霸的历史,檇李,是给我留下深刻印象的一个地名。在檇李,吴王阖闾(约前537年—前496年),也即那位派专诸用藏在鱼肚内的短剑刺杀吴王僚,夺取吴国王位的公子光,曾与越王勾践展开激烈一战。在此战中,阖闾受伤落败,死于回师途中。著名的阖闾时代宣告结束。

《史记·吴太伯世家第一》,以如下文字,记载这场具有标志性意义的"檇李之战":

> 十九年夏,吴伐越,越王勾践迎击之檇李。越使死士挑战,三行造吴师,呼,自刭。吴师观之,越因伐吴,败之姑苏,伤吴王阖庐指,军却七里。吴王病伤而死。阖庐使立太子夫差,谓曰:"尔而忘勾践杀汝父乎?"对曰:"不敢!"三年,乃报越。

文中的"阖庐",即阖闾,姓姬,名光。阖闾是一位颇有作为的君王,执政时期,以楚国旧臣伍子胥为相,以齐人孙武为将军,"任贤使能,施恩行惠,以仁义闻于诸侯"。

"十九年夏",指吴王阖闾十九年夏,即周敬王二十四年,公元前496年。发生在槜李的这场战斗,完全可以用血腥来形容。越方派出"死士"挑战吴师,这里的"死士",有三种解释:1."死士,死罪人也";2."死士,欲以死报恩者也";3."敢死之士也"。越国"死士"成排来到吴军阵前,大声呼喊,用刀割自己的脖子。吴军将士目睹的,顿时是一副鲜血淋漓、死者枕藉的场景。越军趁吴军惊愕、骚动之际,大举掩杀过来,最终将吴军"败之姑苏"。

《左传》增加了这场战斗中阖闾受伤致死的细节:"灵姑浮以戈击阖闾,阖闾伤将指,还,卒于陉,去槜李七里。"

灵姑浮,是勇武的越国大夫,他以锋利之戈,击刺阖闾,伤了阖闾"将指"。将指,指足的大趾,或手的中指。魏晋时期的杜预更加详细地注解:"其足大指见斩"——阖闾的一只大脚趾,被灵姑浮的戈斩断了。受伤的吴王阖闾赶紧还师,在距槜李七里的一个叫陉的地方,因伤重气急,阖闾身亡。最后葬于苏州虎丘。另一位著名的吴王夫差(阖闾之子),从此走上历史舞台。

冯梦龙、蔡元放编著的《东周列国志》,在第七十九回中,以小说家笔法,也详述了这场槜李之战,可备参考——

周敬王二十四年，阖闾年老，性益躁，闻越王允常薨，子勾践新立，遂欲乘丧伐越。子胥谏曰："越虽有袭吴之罪，然方有大丧，伐之不祥，宜少待之。"阖闾不听，留子胥与太孙夫差守国，自引伯嚭、王孙骆、专毅等，选精兵三万，出南门望越国进发。越王勾践亲自督师御之，诸稽郢为大将，灵姑浮为先锋，畴无馀、胥犴为左右翼，与吴兵相遇于檇李。

相距十里，各自安营下寨。两下挑战，不分胜负。阖闾大怒，遂悉众列陈于五台山，戒军中毋得妄动，俟越兵懈怠，然后乘之。勾践望见吴阵上队伍整齐，戈甲精锐，谓诸稽郢曰："彼兵势甚振，不可轻敌，必须以计乱之。"乃使大夫畴无馀、胥犴督敢死之士，左五百人，各持长枪，右五百人，各持大戟，一声呐喊，杀奔吴军。吴阵上全然不理，阵脚都用弓弩手把住，坚如铁壁。冲突三次，俱不能入，只得回转。勾践无可奈何。诸稽郢密奏曰："罪人可使也。"勾践悟。次日，密传军令，悉出军中所携死罪者，共三百人，分为三行，俱袒衣注剑于颈，安步造于吴军。为首者前致辞曰："吾主越王，不自量力，得罪于上国，致辱下讨。臣等不敢爱死，愿以死代越王之罪。"言毕，以次自刭。吴兵从未见如此举动，甚以为怪，皆注目而观之，互相传语，正不知其何故。

越军中忽然鸣鼓,鼓声大振。畴无馀、胥犴帅死士二队,各拥大(木盾),持短兵,呼哨而至。吴兵心忙,队伍遂乱。勾践统大军继进,右有诸稽郢,左有灵姑浮,冲开吴阵。王孙骆舍命与诸稽郢相持。灵姑浮奋长刀左冲右突,寻人厮杀,正遇吴王阖闾,灵姑浮将刀便砍。阖闾往后一闪,刀砍中右足,伤其将指,一屦坠于车下。却得专毅兵到,救了吴王。专毅身被重伤。王孙骆知吴王有失,不敢恋战,急急收兵,被越兵掩杀一阵,死者过半。阖闾伤重,即刻班师回寨,灵姑浮取吴王之屦献功,勾践大悦。却说吴王因年老不能忍痛,回至七里之外,大叫一声而死。

回顾完历史,再来看看现实中的檇李,究竟地在何处?

浙江省桐乡市文联王士杰先生主编的《桐乡檇李》(现代出版社2019年5月第1版)一书,回答了这个问题:

考诸历史文献,佐以现今地名遗存,可知古代檇李的地域范围很广,除现今嘉兴市域全境外,还包括现今周边的吴江市、上海市、杭州市的部分地域。而史籍记述吴越大战之"檇李",则是指交战地——檇李城及其周边地域。

桃园人家　王觉平

那么,这个当年吴越交战的"槜李城",具体位置又在何处?

魏晋时期的杜预(222—285)注《左传》:"吴郡嘉兴县南有槜李城也。"这应该是"槜李城"首见于文献记载。

唐代杜佑(735—812)《通典》:"苏州,春秋吴国之都也。其南百四十里,与越分境。昔吴伐越,越子御之于槜李,则今嘉兴县之地。槜李城在今嘉兴县南三十七里。"

唐代李吉甫(758—814)《元和郡县志》:"嘉兴县,望北至州一百四十七里。本春秋时长水县,秦为由拳县,汉因之。……勾践称王,与吴王阖闾战,败之槜李。故城在今嘉兴县南三十七里。"

元《至元嘉禾志》:"槜李城,在县南四十五里,高二丈,厚一丈五尺,后废。按《旧经》,故战场在县南四十五里夹谷中,即秦长水县古槜李城也。"

民国桐乡人朱梦仙(1897—1940)《槜李谱》:"考《嘉兴府志》:槜李城在嘉兴府治西南四十五里,城高二丈五尺,厚一丈五尺,春秋时吴越之交战地也,故其西有荒原百里,俗名天荒荡,向少人烟,故老相传,确为吴越战场,青磷鬼火,屡有发现。故古之槜李城,实今之槜李乡也,俗亦称桃源村,或简称桃园头。"

槜李　李荣华

　　"故古之槜李城，实今之槜李乡也"，这位桐乡先贤已经说得非常清楚了。2019年夏天，因有缘参加"风雅桐乡，文'话'梧桐"活动，我终于来到了"今之槜李乡"——现今浙江省桐乡市梧桐街道桃园村。

　　这个桃园村，地理位置正处于嘉兴市西南约45里处。当地小地名中，尚有槜李埂、槜李圩、槜李桥等；桃园村周边，还有南长营、千人坡等众多吴越军事遗迹。可以判定：桐乡市梧桐街道桃园村，就是当年"槜李城"的核心地带。

　　如果我们站位更高一些，来看更大的地域范围就会发现，桃园村所属的桐乡全境，这个被太湖和钱塘江所夹的江南腹心地区，自古就是吴越分疆之地。像桐乡的石门镇，"石门"之名的由来，就直接与吴越战争有关。"尝叠石为门，为吴越两国之限"。

　　当年越国在此垒石为门以防吴，吴国在此结寨屯兵以拒越，石门镇现在犹存的"垒石弄"，传说就是吴越两国的边界。此弄南北向，长不过百米，宽仅三尺，一弄分开了两国。

　　在垒石弄南首，石门大桥西侧，靠近丰子恺故居的大运河边上，现竖有一碑，正面书"古吴越分疆处"，背面刻"古吴越分疆碑记"。

　　近侧亭旁的白墙上，书有明代陈润的《石门故垒》：

　　　　古塞千年尚有基，断横残石草离离。

　　　　风烟不散英雄气，犹如吴兵百战时。

B　果名

檇李,比地名更早出现的,是果名,江南独特的一种水果之名。

中国之李,据文献记载,栽培史约有3000年,分布在全国大多地区,品种有数十个之多。在众多的中国李当中,有江南一李,"犹高士独履林泉,似佳人自赏芳华",这就是檇李,因盛产于浙江桐乡,所以称其为"桐乡檇李"。

春秋之年,吴越分界之地桐乡,遍植檇李,春天盛花之时,弥望皆白,宛然如雪。从"地以果名"这个角度考虑,这方土地,应该在更早更远的时期,就栽种檇李。

在张加延、周恩主编的《中国果树志·李卷》(中国林业出版社1998年版)中,有这样的介绍:"檇李,原产浙江桐乡桃源村,栽培历史2500多年,曾是历代封建王朝的'贡品',是极负盛名的优良李品种。"

《中国土特产大全》(河北人民出版社1986年版)称:"浙江桐乡县盛产的檇李,又名醉李,是我国最珍贵的水果、李子中的名品。"

那天初到桐乡,就在入住的酒店房间内,抢先品尝到了活动组织者、《浙江作家》杂志的魏丽敏君给大家准备的檇李。

同样是李,笔者所在的无锡太湖边出产的,果皮都呈青色。而桐乡檇李,是紫红果皮,密布如星的小黄点,其上又敷有薄薄的白色果霜。轻轻撕开果皮,檇李浅黄的肉质,如鲜润琥珀,果液饱满,甘甜似蜜,芳香中微透酒香,真是一种令人难忘的美妙味道。

上文提到的朱梦仙《槜李谱》,写成于民国二十六年(1937年),是关于桐乡槜李这种果品的专著。在《槜李谱》序言中,朱梦仙表达了对家乡特产的由衷热爱和赞美:"南国荔枝、西凉葡萄、洞庭枇杷、闽中橘柚之类,均为果中杰出,早脍炙人口。而吾乡特产之槜李,尤为隽美。其香如醴,其甘逾蜜,虽葡萄荔枝,未足以方其美。嗜之者,莫不交口赞誉,推为果中琼宝。"

桐乡槜李,为什么被推为"果中琼宝"?

仔细分析,可能有以下几个原因。

其一,是这种果品本身确实优异,其形、其色、其香、其味,确实超越一般之李。文史掌故大王郑逸梅,是桐乡槜李的绝对粉丝:"真槜李红润似火,表皮微被白霜,比诸美人粉霞妆,无多让焉。临啖将白霜拭去,以爪破其皮,浆液可吮而尽,甘美芬芳,难以言喻。"

其二,是桐乡槜李正宗原产地地域狭小,栽种难度大,产量很少,熟果贮运又十分不易,加之"迁地弗良",以致物稀为贵,身价益增。

"槜李之负盛名,已甚久远……产李区域,以桐乡屠甸区之桃源村为较广,其余香水浜、鸟船村、蒋家桥、御史坝、致和浜等各处,虽有栽培,但均为数不多。"(沈光熙《桐乡之槜李》,《浙江省建设月刊》1935年第9卷第6期)

朱梦仙《槜李谱》:"槜李产于桐乡南门外者,为最上乘。果大味甘，是以傲睨一切。产李之中心区，曰槜李乡。所产之李，甘美逾恒，迥异凡品。然其区域甚小，栽植之区，约只三十方里。移植稍远者，其味即逊。故在区域之外，虽有栽植一二本者，但只供点缀耳，味可不必论矣。近来邻邑远区，竞相种植。但其果味平庸，绝无妙处。"

郑逸梅《漫谈槜李》："产地在桐乡南门外，厥果硕大，然限于一隅，栽植之区，只三十方里，移种稍远，味则减逊，甚至肉质沙而无浆。"

其三，是桐乡槜李还是一种人文之果，这种娇嫩甜美的果子，传说跟西施有密切关联。

桐乡民间口耳相传，当年越王勾践卧薪尝胆，暗谋复兴之计，献西施于吴王。美人大义，香车宝马远赴敌国。自会稽，过钱塘，来到桐乡槜李之地。举目所及，槜李之花缀满枝头，犹如香雪之海，面此美景，不禁生去国怀乡之愁思，低声吟叹："故园李花引乡愁，此去茫茫几时归？"及入吴宫，夫差宠爱有加。某年，西施念及故国槜李，于是夫差陪同返回品尝。及抵故土，但见青李透红，外被霜粉，表皮之上密缀星点黄斑。美人采撷，玉甲轻掐，顿时果浆横溢，芳香入鼻。西施啖吮，甘醇如醴，几乎不胜醉醺。自此以后，槜李果实之上，皆有一条短而弯的黄色纹痕，如指甲掐过一般，皆云系西施指印，与牡丹花上贵妃留痕共为美谈，流传千古。清初朱彝尊《鸳鸯湖棹歌》诗云："闻说西施曾一掐，至今颗颗爪痕添。"于是，名果佳人，流传千古。清代秦光第也有诗云:"檇李城倾圮,荒凉几树存。共传仙果美,爪掐尚留痕。"

其四,桐乡檇李,还是天地钟灵毓秀、江南馥郁文化的孕育之物。《檇李谱》主朱梦仙:"昔贤云:檇李生于南方,熟于夏日,指为玉衡星精,玉衡为北斗之杓,夏季南指三吴,而檇李生于斯土,熟于斯时,玉衡之精华殆钟于是欤,云云。古人之推崇檇李,已可想见。"

北斗七星,分别为天枢、天璇、天玑、天权、玉衡、开阳和瑶光。天枢、天璇、天玑、天权四星,叫斗魁;玉衡、开阳、瑶光三星,叫斗杓。北斗之杓,夏季正好南指吴越之地,所以说檇李之果中,有"玉衡之精华"。

那天,梧桐街道的李蔚君,带领我们来到檇李的核心产区,在桐乡城区东南郊约8公里处的桃园村,也即古檇李城核心区。但见村中檇李成林,绿叶枝间,紫红的檇李累累簇生,望之可喜。李蔚教大家吃果之经:檇李采摘下来后,最好存放两三天,待果肉完全软熟并且飘出缕缕醇香,此时品尝方得其佳。食时"以爪破其皮,浆液可一吸而尽,此时色、香、味三者皆全,虽甘露醴泉,亦未必能过之也"。檇李果实大者,甚至可以用吸管直接啜饮。

黑陶:中国作家协会会员,无锡市作家协会主席。主要作品有江南三书:《泥与焰:南方笔记》《漆蓝书简:被遮蔽的江南》《二泉映月:十六位亲见者忆阿炳》,以及散文集《烧制汉语》、诗集《寂火》等。

从荔枝走向檇李

刘克敌

一

公元前,春秋战国时期。

江南吴越交界的檇李城,有个美丽的乡村叫作桃园。

盛夏时节,骄阳似火。

遥远的天际,出现一队车马,慢慢走向桃园村。

不知不觉间,车队走到桃园村头,已是人困马乏,加之烈日照射,更是饥渴难忍。

从车队上下来一位老者,见路边田野中,有李树连片成行,枝头结满了紫红的李子,就摘下几颗。老者走向一辆装扮最华丽的车子,恭恭敬敬说道:"天气炎热,请西施姑娘吃几颗水果吧!"

原来,彼时吴越两国经常交战,最后越国被吴国打败,越王勾践只好退守会稽,对吴国俯首称臣。为报仇雪耻,他派范蠡四处寻找美女,终于在诸暨找到美丽的西施,准备将她献给吴王。

西施知道自己身负越国重任,决心牺牲自己,委曲求全,远嫁敌国。连日来,这一路颠簸,西施已经疲惫不堪。如今听到陪伴送行的老臣采摘到几颗水果,自然又惊又喜。她见那鲜艳的李子,青里透红,表面似乎还有一层白粉,接过来一闻,一股清香袭来,十分诱人。西施忍不住手用指甲在李子顶部轻轻一掐,竟然流出很多果汁,西施赶快放到嘴边吮吸,感觉犹如美酒,鲜美芬芳至极。吸到最后,竟然只剩下一张果皮。西施忍不住连吃数颗,多少有了几分醉意,不禁连声说道:"没想到这果子如此可口,不知叫什么名字?"老臣回答说,刚才臣问过这里的人,说叫"槜李"。西施说:"槜李?怪不得吃过有几分醉意呢!"老臣说:"不过这槜李的'槜'字不是喝醉的'醉'。而是来自地名,此地有一城,原本就叫'槜李'。不过西施姑娘既然说吃了此果有些醉意,那么叫'醉李'亦可,'槜'者醉也,美味也。"

"既然如此",西施吩咐说,"让大家都吃上几颗,然后继续赶路吧。"

……

夕阳下,古道上,西施一行人又踏上行程,慢慢消逝在远方……

"刘老师,我们要回去吃饭了!"

远处的呼喊,让我从恍惚中惊醒,知道刚才陷入对历史传说的幻想之中了。看看四周,人们都已走远,槜李园中应该就我一个了,只好恋恋不舍地走出果园,手里依然握着几颗刚摘下的槜李——自己采摘的，当然格外珍惜。

正是六月下旬，江南的梅雨季节，格外闷热。好客的桃园村委会主人原本计划让我们这些人到檇李果园尽情体验一下采摘檇李、大快朵颐的乐趣，更有几位同行计划多拍几张照片准备发在朋友圈炫耀一番。要知道，由于檇李过于娇贵，通常只有果农自己才会采摘，而外人稍不小心，就会导致檇李受伤，我们这是享受了特殊待遇呢。只是天气过于闷热，大家尽兴采摘也尽兴大吃特吃之后，还是抵挡不住闷热，想要找凉爽的地方休息去了。只有我因为走到果园深处，加上过于兴奋，竟然忘记大家都已经离开。

行走在返回的路上，我还在想着刚才的幻觉，又想到那些历史上和美女有关的传说。说来有些奇怪的是，中国古代"四大美女"中，最为人们熟悉、故事也最多的，就是西施和杨贵妃，其他两位似乎就差了很多，甚至连有关她们的戏剧也很少。

不过，同样是帝王宠爱的妃子，人们似乎更喜欢西施，大概和她出身平民有关吧。当然，对于杨贵妃的悲剧命运，人们也不乏同情，只是这同情多少和讽刺相连，甚至因此对她产生很多误解。我过去只知道杨贵妃爱吃荔枝，那杜牧的"一骑红尘妃子笑，无人知是荔枝来"更是脍炙人口。不过，据著名史学大师陈寅恪的考证，说这杨贵妃爱吃荔枝可能是冤枉她了，当时宫廷里有很多宦官来自福建广东一带，所以对家乡的水果格外思念，就假借贵妃爱吃为名让地方进贡，而祸国殃民的罪名却让杨贵妃承担了。

其实我对荔枝的喜爱，和杨贵妃完全无关，倒是和苏轼那首"日啖荔枝三百颗，不辞长作岭南人"有几分关系。记得那是20世纪90年代初，我第一次到海南，有机会吃到新鲜的荔枝，从此就欲罢不能。后来在上海读书，每年荔枝上市之日，也是我焦虑之时——因为还在读书，经济上比较紧张，而荔枝那时可是昂贵之物，所以每一次想要买一点吃的时候，都有些犯罪之感——这太奢侈了罢。当时，由于交通运输不便，我北方的家乡小城没有荔枝卖，我就在回家前买了一些带回去。由于当时火车还没有空调，速度又慢，等回到家中荔枝已经不太新鲜，但依然还是引起他们的惊叹，先是小心翼翼地观看一番，然后才问我如何吃法，毕竟他们都是第一次见到荔枝。后来荔枝开始出现在家乡的水果摊上，价格也日益变得亲民，我自然不会再带荔枝回去。不过，我对于荔枝的喜爱，从来没有变过。古人有"爱屋及乌"之说，对于我倒是反过来的，不是因为喜欢苏轼而爱吃荔枝，反而是因为荔枝才喜欢苏轼。

今天来到桃园村，经过好客主人的介绍，我才知道这西施爱吃檇李的传说，联想到她不平凡的命运，对她更是怀有深深的敬意，也因此对这让西施喜爱的檇李产生了兴趣。有些奇怪的是，虽然我自幼生活在北方，当然从未听说过"檇李"，更没有吃过，但来杭州工作也已经十九年，期间竟然没有任何人向我介绍这种美味的水果。只是两年前结识一些桐乡的朋友，才有了一睹檇李美颜的机缘。其实，别说我这样的所谓"新杭州人"，据说很多老杭州人也不知有这种美味的水果,原因就在于它的产量很少,产地仅仅限于桐乡一带有限区域,而最正宗的产地就是桐乡市梧桐街道的桃园村。由于檇李过于鲜美多汁,极难保存,成熟的檇李采摘下来过上一夜就会烂掉,在交通不便的过去自然难以运到外地,也就很少为外界所知。正因如此,檇李很久以来就因其稀有而被视为珍果,不但作为贡品进呈朝廷,更是成为不少文人吟诵的对象。如明清之际的文人领袖钱谦益,就写有赞美檇李的诗歌:

> 醉李根如仙李深,青房玉叶漫追寻。
>
> 语儿亭畔芳菲种,西子曾将疗捧心,
>
> 不待倾筐写盎盆,开笼一颗识徐园。
>
> 新诗错比来禽帖,赢得妆台一笑论。

　　说起来这里面还有一则故事:钱谦益的朋友托人送来一筐檇李,请钱氏夫人、著名“金陵八艳”之一的柳如是品尝,不料柳如是一打开筐子就知道不是正宗的檇李而是“徐园”李,所以钱谦益才称为“错比来禽帖”——这“来禽帖”是王羲之的作品,内有“青李、来禽”等字,钱谦益认为朋友是把这青色的“徐园”李误当作正宗檇李了。而柳如是见多识广,自然一看便知真伪,也就一笑置之。可见早在明清时期,这檇李就是赠送亲友的绝佳礼品,也说明要得到正宗的檇李并不容易。

而迄今为止,赞美檇李最有名、流传最为广泛者,就是清代诗人朱彝尊的那首诗了:

> 徐园青李核何纤,未比僧庐味更甜。
>
> 听说西施曾一掐,至今颗颗爪痕添。

在中国历史上,把某些食物或水果和名人尤其是美女的命运联系起来的传说,最有名的是杨贵妃和荔枝,然后可能就是这西施和檇李了。遗憾的是,很长时期以来,人们对这檇李以及它和西施的关系,知道者为数不多,究其原因,除却很长一段时期,我们的传播宣传工作不够外,还在于檇李虽美味但极难储藏和运输,能有机会品尝者太少——别说是平民百姓,就连达官贵人也不是都有机会。在这方面,荔枝其实比檇李好多了,因为它有一层坚硬的外壳。而檇李皮很薄,简直如同美女的皮肤——吹弹可破,这一次我亲眼看到成熟的檇李因没有及时采摘掉落下来,马上摔得稀烂,十分可惜。所以,即使是在交通发达的今天,人们在往外地发货时,也只能采摘只有七八分成熟的果子,并且要求两日内到达,否则这檇李还是会在运输途中烂掉的。

一切美好的东西,都不会长久;而最美好的事物只能存于一瞬,但就是这一瞬,值得人们一生去追寻。

——说的大概就是檇李罢。

二

散文大家杨朔写过一篇《荔枝蜜》，虽然其行文结构在今天看有些做作、不够自然，但其立意还是好的，那就是生活中有很多美好的东西，值得我们去发现、去珍惜，而最美好的就是人的心灵。其实，有关檇李的传说无论多么美丽，在今天那些视水果如命的人们看来，也不过只是一层美丽的面纱，而如何吃到最美味最绿色环保的水果才最重要。

而在我看来，当然首先应该向那些为了生产更多美味的檇李而付出汗水和心血的檇李人致敬。

在桃园村委会那新建大厅内有关檇李历史与现状及未来发展的陈列展示中，我看到了檇李人付出的辛勤努力。

据当地老农介绍，为了保证檇李的口感，桃园村的檇李都采用古法栽培技术。所谓古法栽培，就是不用化肥、除草剂和农药，以营造生态平衡的方式来保持生物的多样性。而最常见的肥料是传统的焦泥灰，这种由熏炙草皮、树叶和树根混合而成的"土肥"肥力十分显著。据专家介绍，檇李之所以能吸着吃，主要是因为果皮特别薄，但也正因如此，它的生长过程非常敏感，很容易受到气温影响而出现破皮等现象。所以在很大程度上，檇李的产量、质量和气候变化有很大关系，2018年就是"小年"，而今年似乎天时地利人和，檇李产量和质量都大大提高，所以当地人说我们此次去桃园村，虽然

老树新放樨花香　吴大红

稍稍晚了一点，但还是能够吃到味美形美之樏李的。

近年来，在当地政府和果农的共同努力下，樏李的产量有了很大提高，加之贮藏技术和物流速度的加快，樏李也可以发到外地了，由此也带动了当地经济的发展。不过，凡事有一利必有一弊，当地一位多年种植樏李的老人告诉我们，不知什么原因，他感觉这樏李的皮似乎比以前厚了，虽然这给贮藏和运输带来一些好处，但却多少影响了口感。我想，也许是气候的变化，或者是环境的污染，让娇贵的樏李为了保护自己而被迫增加了皮肤的厚度，倘若真的如此，那是我们的悲哀。但愿老人的说法只是他的感觉，更希望人们在增加樏李产量的同时，更要为保证和提高樏李的质量而继续努力。

好在当地政府和果农，对此非常清醒。从他们的言谈举止中，我知道他们对樏李的热爱和关心远远超过我们这些"不速之客"。在他们眼里，这樏李绝不仅仅是一种美味的水果，而是他们家乡的自豪与象征，是他们家乡悠久历史与文化的代表。老祖宗留给他们的遗产，他们一定会好好继承并发扬光大的。他们不仅严格而科学地控制樏李的生长和采摘过程，而且为了解决樏李难以贮藏的问题，也已经开发出了一系列的樏李产品，诸如樏李酒、樏李果干等，让人们在一年四季，都可以一品樏李的滋味。

中国自古以来就是美食的国度，由于地大物博，各地的土特产自然千奇百怪，争奇斗艳。我的老家是山东，从小就知道所谓的"烟台苹果""肥城桃"和"莱阳梨"等等，但却没有听说过关于这些水果的故事——或者可能听过却已经忘却；近年来更是由于很多进口水果的上市，让我对这些水果的产地丧失了兴趣。反倒是对荔枝和槜李，这两种产于南方的水果有更多的了解，而这了解和历史有关，和文学有关。在我看来，荔枝和槜李，已经成为一种文化符号或是象征，因为它们的历史和命运，曾经和中国历史上最美丽的两位女性相关，也就产生了一种带有淡淡忧伤的诗意，而具有永恒的魅力。当然，在普及性方面，槜李的故事和名气比起荔枝，还是差了不少，有待于桐乡有关部门和当地槜李人的继续努力。

最后，我想到有一点应该说到，那就是这"槜李"的"槜"字。查《说文》："槜者，以木有所擣也。从木隽声。"而"槜李"连用见于《春秋·定十四年》："越败吴于槜李。"有人把人们对槜李的不了解怪罪于这"槜"字的冷僻，建议把这"槜"字改为"醉"，以为既好记又符合槜李有些酒香气味的特征，但我以为不可如此。诚然，在普及性上，"醉"字易认易记，但却没有文化内涵。其实如果反过来想，一旦人们认识了这个字，以及它背后的传说，就会记得更牢，永远不会忘记，这对于槜李的普及其实是好事。在中国历史上，因为一个字带出一个传说或者一段历史从而验证一种文化者，比比皆是，今后这"槜"字，大概也会如此吧。

这正是：

西施品檇李，至今数千年。

掐痕仍犹在，美味广流传。

凤凰栖梧桐，品李至桃园①。

悠悠世间事，弹指一挥间。

刘克敌：文学博士，杭州师范大学教授。主要从事中国现代文学和文学理论的教学与研究工作，现为浙江省现代文学研究会副会长。主要研究陈寅恪和清华学派、中国近现代学术思想史、民国文人日常生活以及浙籍文人群体创作等，其陈寅恪研究和浙江文人研究在学术界很有影响。在《中国社会科学》《新华文摘》《读书》等杂志发表论文百余篇，并出版著作十余种，主持完成国家和省部级课题多项。

---

①今公认檇李正宗产地为浙江桐乡市梧桐街道的桃园村，梧桐街道是桐乡市下辖街道之一，为桐乡市政府所在地。据说此地自古多梧桐，为凤凰栖息之地，故名"梧桐"。桃园村不仅为檇李产地，且种植多种桃树，故名"桃园"。

六月槜李

周华诚

1

去年夏天,六月下旬的一天,做地产生意的杰西卡邀我去她的工作室饮茶。在去饮茶之前,她在群里贴出一首诗:

一月你还没有出现

二月你睡在隔壁

三月下起了大雨

四月里遍地蔷薇

五月我们对面坐着,犹如梦中

就这样六月到了

六月里青草盛开,处处芬芳

七月,悲喜交加

麦浪翻滚连同草地,直到天涯

八月就是八月,八月我守口如瓶

八月里我是瓶中的水,你是青天的云

九月和十月,是两只眼睛,装满了大海

你在海上,我在海下

十一月尚未到来

透过它的窗口,我望见了十二月

十二月大雪弥漫

　　我喜欢这首诗。林白的《过程》。林白是广西北流人,我有位同学也是广西北流人。这样一想,也就觉得亲切。杰西卡在群里发这首诗的时候,群里还有位电台主播叫王瑶,平时主持一档读书节目。杰西卡开着车,到钱塘江以南的一条大路上接上我时,我发现车里已经有几位了,儿童文学作家张婴音,浙医二院的黄教授,以及市一医院的另一位黄教授。

　　事情就变得很有意思了,以至于我一年以后,想起六月就想起了檇李——檇李摆放在杰西卡十分宽敞明亮的工作室的茶桌上,透过工作室的落地玻璃,我们可以望见一条钱塘江波澜壮阔地向东流淌。我们就在这茶桌边上坐下来,开始聊天,话题涉及茶、诗歌、散文、小说、旅行,以及最近的新书、房价、地产走势、哪里的餐厅有好吃的菜、医生的压力与医学的发展,诸如此类——当然,后来我们谈到了檇李。

对于携李的谈论最后落实到了吃的行动上。毫无疑问，这是一枚好吃的果实。杰西卡向我们示范携李的正确吃法：用两手轻轻地揉搓，然后在携李的皮上揭开一个小洞，就口吮吸，就把李子里面的一汪水吸去了。

这是我第一次知道，世上还有可以吸的李子。

从前我只知道某种小笼包子是这样的吃法。

被吸去了汁水的携李，像一张干瘪的包子皮（这比喻够蹩脚的），我们一群人一边赞叹，一边品用，吸了一个又一个，一箱子携李很快被我们吸完了。杰西卡告诉我们，这是她一位桐乡的朋友，专程开车送到杭州来的。这种水果不仅产量极少，保存时间也极为短暂，因而是娇贵的水果。你要是问个北方人，知不知道携李，那十有八九是没有听说过。

六月，大江在高楼的窗外浩荡东去，我们都记住了携李以及携李的滋味。

2

后来我到了梧桐——街道名字以植物命名的地方。不仅街道的名字，这里的很多地方都是用植物命名的：桐乡，桐之乡也；桃园村，桃花盛开的村庄。望文生义，便觉此地甚好，草木欣盛，瓜果飘香，可以久留。

直到钻进一片果园之中，才真切觉得，这是一种幸福。

我的头顶，枝叶之间，隐现一枚枚深红的果实。此时已经过了槜李采摘最繁忙的时间点，尚留在枝头的果实如同漏网之鱼，而搜寻漏网之鱼，更有一种捕获的快乐。这里是槜李果园，槜李——是啊，我并不知道会在另一个六月，与槜李相见。

在槜李园中，在枝繁叶茂遮天蔽日的地方穿行，四面都飘浮着一种成熟果实才具有的香甜之味，馥郁的气息笼罩在你的周围。我相信绝不只有我们被这种香气所吸引，还有许多许多别的客人——过了不久我就发现，有一些鸟儿早就捷足先登了，它们在高处扇动翅膀，翅膀如直升机的旋翼，在扇动起风的漩涡之时，枝叶颤动，果实暴露，然后它们轻易地就隐身在了枝叶丛中。

营养学家玛丽恩·内斯特在著作中说："假如你没尝过刚刚摘下的水果，你根本不知道那有多美味。"事实上，假如你有幸尝过还没有从枝头摘下的水果，你就会知道水果店里的一切都不值一提。我曾许多次假装自己是一只鸟儿，或是一只蜜蜂，以便品尝那些尚未脱离枝头的果实。当我这样做的时候，我就发现那感觉简直太美妙了，无与伦比。

上一次这样做的时候，是在磐安，在一个有许多石头房子的村庄。那是一个时光仿佛可以停驻的地方。我们穿过曲折的巷道，从古老的屋檐下经过，然后一抬头，看见挂满红色果子的樱桃树。有的人摘下果实来吃。我则把一根树枝拉低，使一串樱桃刚好够得到我的嘴唇,然后我伸出舌头去吃……如果你没有这样做过,我就不往下说了,因为说了你也无法体会那种美妙的感受。你只需要知道,我吃过一枚樱桃果肉之后,那樱桃的小小的核,还继续留在枝上。

于是我爬上了一棵李树,准确地寻找到了一枚椪李。那枚椪李简直太完美了,猩红的颜色,暗示着它已经完全成熟,它如此妖艳欲滴,汁液饱满。然而它在高处。它藏在两根枝桠之间,树叶遮掩了它的存在。我的嘴巴,很显然,无法够到它。所以我只好伸出手去(这时候我像一只猿猴所能做的那样),摘到之后,轻轻地擦了一下果壳上的白霜,迫不及待地整个儿抛入口中。"嘭——"那是一次快速的爆裂,浆水四溢,随即整个口腔便被一种香甜的感受所充盈,那新鲜的,活跃的,赤裸相见的感受——与此同时,我完全赞同了玛丽恩·内斯特的言论,"假如你没尝过刚刚摘下的水果,你根本不知道那有多美味"。

我这样边采边吃,吃了好几个。成熟的果实有一种类似于别的成熟事物的美好。它们呼吸很重,吐露各种迷人的气息,告诉人们甜美多汁的秘密,这是一个极其微妙的时刻——爱默生曾说过:"梨子终其一生只有十分钟最好吃。"

果园里有些闷热,我继续在果树下行走,有时会纵身跃过一条沟渠。我知道,只要一抬头,或许就会又有一枚椪李藏在我的头顶。好几次,我发现那枚果实已经被鸟儿先吃过了——也许是画眉、紫啸鸫,或者是别的什么鸟儿,它们吸食了半枚果实,另半枚还耀眼地挂在树梢。然而当我的手即将触及它的时候,它就脱离了枝头,怦然落地。

我终于像一只鸟儿那样吃到了一枚槜李,高度适宜,位置不错。我坐在枝桠分叉的地方,略一仰头,就够着了那枚果实。轻轻啄开一个小口子,轻轻吮吸——令人沉醉——我从来没有这样吃过一枚李子,也没有这样吃过一颗苹果。实话实说,还挂在枝头的果实,比如槜李或樱桃,终其一生都没有比这一刻更好吃了。它们与别的水果不一样,柑橘、苹果、香蕉有可能在采摘并放置一段时间之后味道变得更好,但是槜李,真的是枝头一刻最令人难忘。

当枝头的槜李变成一个瘪瘪的皮囊时,我心满意足地离开了那棵树。果园里有两只母鸡,一只黄色的,一只芦花色,它们在不远的地方无语地望着我。

3

歌颂一枚水果,并不比歌颂一位皇帝更轻浮。

更何况在这个村庄,槜李已经成为大伙儿的骄傲,从以前只有十来户人家种植,到现在有五百多户人家。整座村庄沉浸在果实成熟的香气之中。不管你是坐着小船,在长山河中穿行,还是脚蹬布鞋,在千亩槜李园中徜徉,这香气都萦绕着你,裹挟着你,牵引着你,让你觉得这个六月,是一个美妙的时间。

在六月,整整半个月人们都在忙碌。他们清晨五点多钟就来到了果园,此时天色尚早,他们使用一种特制的工具(竹竿的一头开叉制作成爪形)温柔地采摘枝头的果实。娇贵的果实无法承受太大的暴力,哪怕是一次轻微的落地也不行。这样的采摘行动,就像黎明本身一样温存,缓慢而动人。一座村庄,与一座果园一起悄悄醒来。到了中午,他们把一筐一筐铺垫着蕉叶的果实运送回家,然后开着车子送到城市。人们都在等待着这种美妙的水果。到了六月,没有什么水果可以比樆李更诱惑人们的味蕾。在若干年前,即便是几十里外的人们,都只能听说过樆李,却吃不上它——仿佛它只宜于存在人们的传说和想象中。太少了。太珍贵了。吃过的人毕竟是少数。大多数人只能依靠想象力完成对樆果——这种珍贵的水果——迷人的品尝过程。

从某种意义上来说,我比他们更幸福一些。因为我从来没有听说过这种水果。

这种水果无法久存。如果今天采摘来的果子,当天都没有卖掉,第二天就会令人担心。如果天气不好,它就会悄然发酵,成为隐藏酒精的秘密个体。

现在这个村庄的生活,因为樆李而变得饱满和甘美。数十年前人们只觉得樆李产量不高,难以伺候,而蚕桑价值甚高,于是纷纷砍了李树,种了桑树。而今河东换了河西。蚕桑已至低谷。而五六十元一斤的价格,让樆李一果难求。越来越多的人来到这里,只为了品尝一枚檇李的甘美。

如果把历史再往前推,我们可以发现,檇李的历史比我们预想的要更为久远。"该地出产的檇李,早在春秋时代就有名……"这是一篇刊登于1957年《浙江农学院学报》的文章《浙江桐乡檇李品种的调查研究》。类似这样的典籍甚多。民国二十六年,一个叫朱梦仙的乡贤,重修了一部《檇李谱》,无疑成为檇李界此后一百年的经典著作。同样,还是在民国,郑逸梅写过文章《漫谈檇李》,"(檇李)产地在桐乡南门外,厥果硕大,然限于一隅,栽植之区,只三十方里,移种稍远,味即减逊,甚至肉质沙而无浆。"

令人赞叹啊——桃李不言,下自成蹊。而我以为这里的"桃李",一定专指的是檇李了。歌颂檇李的诗文几乎可以收集成一本书。檇李不言,下自成蹊,那么多文人墨客,为这一种地方小品种的水果,不吝笔墨之费,不惜赞美之辞,留下华美篇章,除了一个原因不会再有其他,便是这种果实实在是太美了。

我相信正是这种歌颂与传扬,才使得这生长"限于一隅"、产量一直很低的檇李,还能一脉相承、代代相传。千百年的光阴似水东流去,——那不说话的檇李,在世间留存了下来。

"难以捉摸的美味,而这些正是它们最宝贵的地方,因而不能庸俗地量产,不能被买卖。"在亨利·梭罗眼中,世上最美味的水果都蕴涵着这一品质。然而,有什么可以最终抵抗时间的淘洗?

那些喧嚣的,匆忙的,潮流的,功利的,热闹一时,轰动一时,仍旧隐去了，消退了；而那小众的，安静的，默默的，独自美好的，终归留了下来。

这不免使我感到忧伤：在我童年的记忆中，我故乡的山野，曾有多少寂寞的小水果，永远地消失了——毛桃，小乌桃，黄壳李，苋菜桃，小杏；菜园里的黄瓜，那种黄的黄瓜；稻田里的土品种水稻……大浪席卷，这些都消失了，没有人种了，被时代抛弃了。我有时想，它们到底已经在我的故乡流传了多少年？一千年？几百年？我不知道。我只知道，仅数十年间，它们就前赴后继地消失了。似乎这是一个小个性无法容身的时代，你只要随大流就好了，只要随波逐流，还可以享受群体的红利与令人迷醉的荣光；而如果只是一枚弱势的水果，终究是要被淘汰的。

如果，我是说如果——你是一枚槜李，你能坚持做自己吗？

你能默默地，独自美好吗？

周华诚：作家、出版人。"父亲的水稻田"创始人。著有《流水的盛宴》《草木滋味》《草木光阴》《一饭一世界》《下田：写给城市的稻米书》《造物之美》等十八种。曾获浙江省优秀文学作品奖、第二届三毛散文奖、中国百本自然好书奖等。

味在留痕处

干亚群

　　时夏,阳光很热闹,顺着风恣意地泼洒,在桃园留下大团大团的影子,如同大写意。数只鸭子躲在树荫下,偶尔嘬几口停留在水面上的光斑,之后丢下一串嘎嘎,也不知是惬意,还是懊恼。我从它们的对岸走过,它们慢慢偏过头,拿一只眼睛看我,看得我有些没着没落,似乎它们早洞察我不知槜李是何物。

　　槜李,确实没尝过,也闻所未闻,但应该是李子的一种,这个想法也就转了一下,舌蕾居然开启了酸味的记忆,口腔里顿时分泌出许多唾液。我忍不住咽了数口,自己都感觉不好意思。不过,更不好意思的是"槜"字不认识,于是请教于"度娘",原来与"醉"同音,再加上此李的味道非常醉人,因此,槜李也称为醉李。

　　我更喜欢槜李一词,单单就字面看,曲里拐弯的笔画间已隐隐透露着一些信息,这些信息吸引着人的遐想,有补齐内容的冲动。后者过于直白,但,直白也有直白的可爱。只是,我不喜欢喝酒,也没酒量,偶尔为之时,满脸通红,说好听点是人面桃花相映红,难听点是像猪肝。醉对我来说是一种负担。

替一枚果子建立一座馆,似乎有些奢华,而且奢华得有些任性。偏偏,桃园任性了一回,或许是槜李原乡的自信支撑起了这座馆的一砖一瓦,包括里面的每一个字每一幅画。迎接我的是那一长卷槜李谱,从历史渊源、种植习性,包括传说掌故,叙述得很翔实,犹如槜李的家谱。随行的邹汉明老师很热情,用他略有结巴的声音给我讲解槜李史,从槜李之战,到净相寺,由于右任到朱梦仙。邹老师讲得很投入,还不时配合肢体动作,侧身,前倾,有时手指戳在玻璃上响亮地念上一句,见我注意力有些转移,忙扇动手指示意我目光集中,仿佛手指上长了许多羽毛。在邹老师很忘我的讲解中我慢慢得到一些启蒙,并不停地提出一些问题,诸如到底是先有槜李城后有槜李果,还是先有槜李果后有槜李城,以及净相寺的那几株槜李终归何处。邹老师有问必答,似乎槜李的那些事都在他肚子里,他一摸便能摸出一大把。

不得不说,邹老师是有讲台痕迹的,挥舞的双手,明亮的眼睛,以及缜密的逻辑。如果是正史,他会说这是出自哪部书,甚至告诉你在哪一页,如果是道听途说的,他会补充这是来自野史。邹老师的结巴似乎越来越明显,而讲解也越来越生动,特别是西施爪的典故,他的声音一会儿提上去,突然中断,然后在高处接过,再继续前行,补过的痕迹很明显,让人怀疑邹老师就是替西施送槜李的。

但，我无论如何也不能把这层意思说破，就像檇李不能咬破了吃。

在桃园的檇李林我看到李树上吊着一只只袋子，觉得好奇，问及主人，说是为了防鸟偷吃，鸟闻到药味就不敢飞过来了。我小时候经常吃被鸟啄过的枣子，上面还留着它们啄过的痕迹，像印了一朵傍晚的南瓜花。吃多了，我从中发现一个秘密，凡被鸟啄过的枣特别甜，只是并不清楚到底是被鸟啄过后变得甜，还是因为枣甜而被鸟所啄。后来我把这个秘密告诉同学，结果被她们笑话，原来这不是秘密。母亲打枣的时候会留下数枝，上面挂着一些枣，随它转红，任它变瘦。母亲说这是留给鸟吃的。这个习惯保留至今。

当然，也不能怪桃园的乡亲对鸟特别吝啬，因为檇李实在很珍贵，尤其小年的时候，一棵李树的产量才数斤，而数斤就能换上几百块钱。所以，只能对不起鸟了。鸟也只能这么说：虽然我没能留下痕迹，但我已从檇李上空飞过。

邹老师再一次自告奋勇地当起了老师，只不过这次不是讲解，而是示范。他说吃檇李应该是先用手搓几下，待皮软后用管子戳一个洞，然后吸着吃。我手里躺着一颗檇李，虽然红透了，但手感很硬，外形跟我们村庄的李相差无异，如果一定要说差别在哪里，可能它的红属于羞涩红，一点点往里渗，而我们村的李子红是成熟红，一红就成片，哪怕是半熟，也是红透了顶，一口咬下，满口酸涩，有很强的欺骗性。自然，我似乎也从来没看到过被鸟啄过的李子。

只因西子曾一掐 玉液瓊漿勤美名 庚子夏吴 東洲寫

槜李芬芳　吴香洲

因邹老师说得很利索，我有些疑惑，尤其是眼前这颗槜李，怎么看都不像能被搓软的。我的犹豫并没有持续，因为同行的老师们已吃起了槜李，没有呱嗒呱嗒的咀嚼声，但那份快活满满地释放在他们的表情里。

我把邹老师的话复制到了手上的槜李，果然，才搓了几下，感觉不那么紧绷绷了。因没带管子，我轻轻咬了一口，几乎来不及想好用吸还是嚼，果肉的甜味已涌进口腔，瞬间散淡的情绪被集中到了鼻底下。只是，才吃了几口，我急切地寻找餐巾纸，果汁太饱满了，都流淌到了手指上，才片刻便在手指上留下浅浅的渍迹，那是甜味爬过的痕迹。很快，槜李只剩下一副皮囊，软软地瘫出一堆记忆。

从槜李园出来后，我跟一位姓李的老人攀谈了起来。老人已七十多岁，但很硬朗，看上去就是一个地地道道向大地讨生活的人。老人不会讲普通话，而我不太懂桃园话，所以，有时又得请邹老师翻译。起初邹老师很认真，我问，他把问题送过去，老人答，他又把答复粘贴过来，期间还有一些他加上去的活色生香。

据老人说他家的槜李是村庄里最年老的，是他爷爷留下的。他长，槜李也长，他经历风霜雨雪，槜李也同样经过兴衰荣枯，甚至有一年被他砍掉了一些，因为附近有一座土窑，烟尘使得槜李的产量下降，而且果味越来越苦涩，仿佛槜李苦不堪言。他说，槜李很难成活，它必须经过嫁接，而且得接在野桃树上。听到这里，我自作聪明地在心里会意了一下，桃园不长桃只种李总算有了着落。

也不知问到哪里,邹老师跟老人拉起了家常话,他们一个叽里呱啦,一个哩哩啰啰,听得我云里雾里,但也不好意思打断他们,于是随手翻起桌上的一本画册,里面是有关櫜李的摄影。照片大都拍于櫜李的花期,镜头下的櫜李花或层层叠叠,到处蒸腾着洁净与素雅,仿佛是晴天下的白雪;或一枝一朵,清清爽爽地站在春风里,犹如佳人低头凝思。而那佳人非西施莫属。因为只有西施才属于乡野。杨玉环、王昭君,还有貂蝉她们的美是富丽堂皇的。

西施既是民间的,也是文人的,在漫漶的岁月长河里她以清澈的美貌临水照花,与之有关的故事一直丰满着人们对美的想象,似乎这也是人们对这位善良而绝美的村姑最好的凭吊。尤其是吴越一带,西施的故事仿佛是地方人文的流苏,在春风里飘扬起一个个的美丽。

的确,老百姓的美感充溢着人间烟火,描绘西施的美最后集中到了美味。我们余姚有西施跟杨梅的故事,说是最初的野杨梅非常苦涩,后经西施不停地揉搓,一直搓出鲜血,杨梅因得到了西施指血的沾染而变得甜美无比。杨梅也是果中佳品,但这个故事过于血腥,以至于每次吃杨梅,我不免心有戚戚,因为杨梅汁的颜色真的很像血色。更让人恐惧的是,杨梅汁一旦沾染到衣服上不太容易清洗,如同血渍。只有过了杨梅季节,那殷红的颜色才慢慢退去,仿佛西施转身离去。櫜李与西施的故事更柔和,至少櫜李给了西施一个盛情的意外,不仅治好了她的病,还引渡了她与范蠡的爱情。至于他们最后的结局如何，人们似乎已不太关心，包括越王勾践利用西施给吴王下美人计的历史真实，以及范蠡其人的真相，人们并不追问，下里巴人更愿意西施有一个美好的去处，留在槜李上那一弯眉毛似的指甲痕将西施永远停留在了甜美中。

其间有人送过来一盆槜李，我顾不得礼仪，打断了邹老师与老人的交谈，指着一颗槜李的凹点问他这是不是西施爪。老人说看西施爪是在顶部，不是它挂果的地方。随后他帮我挑，挑了半天，他说这盆没有西施爪。见我有些失望，他说，一棵树上有时也只有几颗而已，有的甚至一颗都没有。

也是，西施爪是桃园人给西施的祝福，犹如"槜"字，借光阴的木杖不停地敲出那些美丽的传说，一边让我们继续听民间故事，一边让我们抓住美味的痕迹。

干亚群：浙江余姚人，出版有《日子的灯花》《给燕子留个门》《梯子的眼睛》和《指上的村庄》等散文集。作品先后获得浙江省2012—2014年优秀文学作品奖、2015年度省重要期刊发表成果二等奖、第七届冰心散文奖和三毛散文奖。

梧桐招引

峻 毅

1

梧桐树喜光,喜温暖湿润气候,喜肥沃深厚、排水良好的土壤,且生长快,寿命长,能活百年以上。如此来看,能让梧桐树健康安居的地方,自然是个好地方。难怪古有"凤凰鸣矣,于彼高岗;梧桐生矣,于彼朝阳"的诗篇,现有"种栽梧桐树,引来金凤凰"的引申。凤凰是中国古代传说中的百鸟之王,常常用来象征祥瑞。我与凤凰丝毫不搭边,但确是被梧桐招引,走进桃园。

此梧桐是梧桐也非梧桐,她是一个街道地名,坐落于一座以文化特色彰显灵魂、拥有7000多年的历史文化底蕴、文源深、文脉广、文气足的江南水乡城市,茅盾、丰子恺、木心等众多文化名人的故乡——桐乡。梧桐因辖区昔日多栽梧桐而得名,有"梧桐之乡"之称,也称凤鸣,与凤凰的传说有关,相传五代时期曾有凤凰栖息在此,鸣于里中。梧桐街道是桐乡市政府所在地,故对于桐乡曾叫凤鸣、梧桐也不难理解了。梧桐街道为进一步讲好梧桐故事,展现梧桐文韵,推介梧桐文创,邀请了一批江浙沪作家走进桃园采风,我有幸在果瓜飘香、骄阳与雨儿嬉皮笑脸的季节受到邀请,走进桃园,阅读她的内涵,感受她的魅力。

此桃园是果园也非果园,她是梧桐街道辖区的一个行政村,位于桐乡市东南部,旧属槜李城,是历史悠久、文化底蕴深厚、水陆交通发达的江南古村,距桐乡高铁站、高速口都不远,导航到"桃园槜李广场",也就十几分钟的车程;三面与5A级景区乌镇、著名毛衫城、皮草名镇崇福相邻,有着中国美丽乡村百佳范例村、省级历史文化村、全国"一村一品"示范村等荣誉。桃园村的一品,便是具有两千五百年栽植历史、桐乡最有故事的名果珍果——槜李。

2

一年前,我在舟山,接好友阿敏电话,说她在桐乡老家给我寄了一箱槜李。

之前,我从没有听说过槜李,电话里也没听清"槜"字。心想,李子虽是时令水果,但全国大部分省份都有,在江南更是普通,季节里水果摊上不少见,况且舟山的青皮红心李金塘真的挺好吃的,我让她别寄了。她笑道,李与李可不一样哦,她家自种的李,唯她家乡独有,她敢肯定我没有品尝过,而且颗颗都是她亲手采摘的。听她如此说,这份情让我感觉好温馨。

三日后我回家,刚打开门,一股沁人肺腑的酒味醇香扑面而来。哪来的酒香啊?酒瓶打碎了?我放下行李箱就寻找酒香源。找来看去,发现酒香源在还没有开拆的快递包裹里。不是寄李子吗?还夹寄酒了?坏了坏了,准是酒瓶给打碎了。我赶紧拆箱,没有酒,只有李子,是李子溢出的酒香。颗颗饱满圆润、殷红剔透、皮薄如蝉翼的李子,招人馋涎欲滴。我拿了几颗用自来水冲了冲,顾不上甩甩干就咬,一口下去,琥珀色的果汁溢出嘴角,滴滴答答地溅在衣襟上,一副狼狈相,幸在家里没有外人。那满嘴芳香、甘鲜甜蜜、带着酒味醇香,醉人醉心,令人回味无穷,我果真是第一次品尝到这么美味的李子,果真是普通李子无法可比的,但我并没有记住它叫槜李。

随梧桐招引,入住桐乡新世纪大酒店,看到活动资料袋里有一本《桐乡槜李》,书名是草体,我把"槜"字误读成了"桥"字。小茶桌上有一碟水果,其中就有两颗招人馋嘴的李,我想那可能就是"桥李"了。当我翻开书,恍然发现,这李不叫"桥李",叫"槜李"。"槜"字我不认识,在我看来绝对是生面孔,上百度查询方知读"zuì"。

我一夜读完王士杰先生主编的《桐乡槜李》,槜李的前世今生真的很传奇。一种水果,竟然能让两朝之人(清代王逢辰和民国朱梦仙)修著《槜李谱》,又让当代人如此重视编撰专著《桐乡槜李》,这是非常罕见的。《桐乡槜李》可以说是一本现代版的《槜李谱》,不但详述了桐乡樏李与众不同——其色、香、味均异于一般之李,还从当下追溯到春秋时期,挖掘出大量文献和真实史料,把桐乡樏李文化陈述得淋漓尽致。

3

我习惯早醒,不管睡得多晚,破晓准醒,生物钟很准。

到一个陌生地采风,早起膜拜古刹,或到菜市逛逛看看,也是我多年来的习惯。因为我觉得这两处最能真实地反映出一个地方的佛教文化、饮食文化和百姓日常生活。

桐乡古刹不少,福严禅寺、香海禅寺、石佛禅寺等,都是名声在外的历史名刹,可都不在市区,一个来回起码得两三小时。凤鸣禅寺就在梧桐街道,距我住的新世纪大酒店不远,据说是桐乡老城区的古迹之一,始建于五代十国的后周广顺二年,原名惠云寺,距今已有一千余载,相传曾有凤凰在梧桐树上停栖,后飞至寺内软桥上鸣叫三声而得名,寓意非常美好。

我兴冲冲打车前往。晨曦中的凤鸣禅寺规模宏大,但没有看到任何历史遗迹,也没有看到与历史古刹相应有的佛教文化,甚至没有看到一个出家师父。时光流逝,斗转星移,此处并非凤鸣禅寺的古遗址,只是城中新增的供善男信女们烧香、供游客观光的一处景点而已。我有些不甘心,很想到凤鸣禅寺遗址看看,可时间不允许,

携李珍果　张坤炎

匆匆赶回,刚进酒店大堂,接我们进桃园采风的大巴车也到了。

第一站是桃园携李广场。刚下车,一长溜展板很吸引眼球,走近一看,是我们每个采风人员的简介,足见梧桐人做事认真,以及对采风作家的尊重,感觉很温馨,也很感动。

眼前是一座气派又不失古朴的园林式建筑——携李堂,是由老旧的戏台改造的,占地面积920平方米,里里外外、从头到尾都在展示携李的历史文化积淀,都在讲述西施与携李的传说故事。置身携李堂,仿佛穿越到春秋时期,看到了携李之战,看到了越国女子西施置身吴国……

走在穿越千年依然悠悠而立的桃园村,仿佛置身陶渊明笔下的世外桃源。抬眼是白墙黛瓦,淡雅素净,古香风韵;脚下是小桥流水;身边是竹香萦绕,鸟语花香:处处能让人享受到田园生活的舒心与安逸。整个桃园村就像一个超大的丰收果园，家家房前屋后都有果树菜园，满目的槜李、桃子、无花果、玉米、黄瓜、番茄……沉甸甸的，触手可及。这个季节的桃园村，令人兴奋，更令人难忘。

桃园农居房前屋后的菜园果园都用竹篱笆、木篱笆围着，庭院改造成仿古围墙，村道干净得不见纸屑、烟头，甚至没有乡村最常见的草根与落叶。一路往村庄深处行，处处可见这座村庄的历史文化元素，由老旧房屋改建的乡村书屋、法治小院、微型民宿、竹篱笆、木篱笆、仿古围墙……都体现了复古风情。

河畅景美的桃园浜是贯通全村的主干河道，两岸建筑错落有致，四周生态自然，是桃园村的生态文化长廊，融会了人文景观、休闲游乐等公园元素。沿岸的木栈道像九曲桥，有艺术的故事，有生活的浪漫。我在亲水平台上歇脚，听蛙鸣鸟唱，倚栏眺望，郁郁葱葱的绿衬得粉墙黛瓦的民居格外醒目，倒映在河面，如诗如画，如诉如泣，展示着江南水乡的风情，诉说着桃园前世今生的故事。

我和一位在河埠头刷洗竹匾的中年女子聊了起来。她告诉我，以前的桃园浜两岸村民养猪、养鸡的比较多，河水污染严重，很臭，别说洗东西了，路过都要捂着口鼻。这几年"美丽乡村建设"和"五水共治"，河浜里的水越来越干净了，村庄越来越漂亮，以前的泥水路都变成柏油路了，夜里都有路灯，都可以跟公园媲美了，外来游客也越来越多了。

大学生村官张炜也说桃园浜拥有"一河一档"的档案，河长由桃园村书记担任,每月按照规定至少4次巡河,充分发挥河长职能,2018年投入2万尾鱼苗,实施"以鱼治水、以鱼养水"生态治水后,水渐渐清澈,已达到Ⅲ类水质标准。

近几年,我跑了不少绿水青山中的美丽乡村,总听说"乡村美不美,关键看治水",细思确实如此,尤其是江南水乡的村落,河浜里的水就像女人的皮肤,大有"一白抵三俏"的涵蕴。

4

走过智能垃圾分类亭,我眼睛一亮。这是我所见过的垃圾分类处理设备里最先进最人性化的。一排七台机器,从左至右分别为有害垃圾收集箱、可回收物收集箱、垃圾袋自动发放机、礼物兑换机,其中可回收物收集箱还分为金属、玻璃、塑料和纸张,分得很细。那些原本要等收废品来收的旧报纸、塑料瓶、废铜烂铁等,村民们可以通过智能垃圾分类回收自己处理,除了有回收金,还有积分。

那么一排自动化机器,操作起来会不会麻烦?年轻人接受新生事物快,应该没问题,那么村里老人们会操作吗?正想着,有一位大妈来扔垃圾。她拿出一张印有二维码的卡片,在可回收物收集箱上扫了一下,把一袋旧报纸扔进注有"纸张"的箱里,显示屏上就有了旧报纸的重量和回收金额,回收金额同时进了她的那张二维码卡里,她用卡片上的金额在礼物兑换机上兑换了一瓶洗洁精。实际操作过程并不复杂,前后也就几分钟时间。

听讲解员介绍,智能垃圾分类机器的识别能力很强,垃圾分类错了可蒙不了它,要是把塑料投到了金属箱里,后台能查到是谁投错的。村里实施了垃圾分类奖励政策,村民手里的那张二维码卡就像记账卡,里面的金额可以兑换相应的实物,里面的积分兑换垃圾袋,每月评选出的示范农户可领取奖励品,就是培养和鼓励村民养成垃圾分类的好习惯,让"垃圾分类,从我做起,资源再用,全民行动"的意识深入人心。

垃圾分类是衡量地方文明程度的重要标志。垃圾分类"浙江模式"领跑全国,桃园村的智慧垃圾分类走在浙江大多数县市前面,真不愧为全国美丽乡村百佳范例。

5

我们走进檇李园时,最旺的采摘期已经过了,并不多的檇李躲藏在茂密的绿叶间,忽隐忽现,像跟人们捉迷藏似的。一群成年人童心大发,兴致勃勃地穿梭在林子里,乐此不疲地寻找着,发现了檇李便开心得像孩子似的,找着,采着,吃着,两只手忙得没法腾出来撑遮阳伞,光顾乐了,倒是忘了骄阳袭人了。大伙吃檇李的时候,都把脖子伸得长长的,就怕果汁流淌下来溅污衣襟,自然是顾不上吃相好看难看了。

有些长在高枝上的檇李，真让人可望不可即。一位热心的果农拿来一根专门采摘檇李用的竹竿，有个类似三个手指的叉头，教我把叉头对准檇李，轻轻一转，就稳稳地摘下。我眼睛近视又散光，对准高高在上的檇李还是有难度的，一不小心就把檇李撞落在地，熟透的大多会摔坏，采摘檇李可是个细慢的技术活。

果农还教我吃檇李，不像吃普通果子，可谓迥异奇绝。刚摘下的七八分熟的檇李，手感不柔软，还带些青色，放一夜就会变成琥珀色，放上一两天就变成了殷红色，完全熟透了，拿在手里就有一种柔软感，整个果肉化成浆汁，飘出缕缕醇香。此时，只需咬一个小孔，慢慢吮吸，最后只剩果核及少量纤维于皮囊中；也可以拿根吸管，轻轻一戳，插入，啜饮，汁水和着果肉全吸入嘴里。如果刚摘下的檇李想马上吃，那就放在手中轻轻搓搓，搓软了再吃；不软的檇李虽然也可以吃，但吃起来生脆，与普通李果无异，吃不出檇李的珍与奇。

当场实验。我先选了一颗熟透了的檇李，拿在手里软得像随时要破皮似的，手边没有吸管，就用指甲在紫黑色的檇李皮上掐破一个小口，马上凑到嘴边，轻轻一吸，果真顿时满嘴果肉，甜而清香的美味瞬间在舌尖回荡；我又摘了一颗手感有些硬的檇李，拿在手里，边走边轻轻地揉搓，从果园出来，一路搓着揉着，到桃园浜岸边的水吧时，感觉手中的果子已经很柔软了，也顾不上洗洗就吸吮起来。

吃起来满嘴是汁的水果倒非檇李独有，像水蜜桃，但是可以剥了皮吃，像梧桐檇李这样破皮就往外淌汁的果子确实少见，真像小汤包,我在微信朋友圈里就称其为"水果小汤包",桐乡的文友们看了,都说我给槜李起的这个新名非常到位。

江南的六月梅雨天,真像喜怒无常的孩子,说变脸就变脸。我们进果园时,红猛日头顶头照,射得人们睁不开眼睛。刚从果园出来,一刹那间乌云密罩,紧接着,黄豆般大的雨点噼里啪啦地砸了下来,文友们纷纷跑进桃园浜岸边既古朴又浪漫的水吧小憩,喝茶,聊天,品槜李,怡然自得。

我凝望着窗外,雨中的桃园村显得更有江南水乡的韵味,远远近近的绿好像更翠更有层次了;雨珠尽情地在桃园浜上弹跳,舞起圈圈涟漪,使原本宁静的河面有了鲜活的动感,水中的菖蒲、旱伞草、狐尾藻等水植物也更加水灵娇嫩,也让我滋生了浪漫的遐想,思绪纷飞——都说桃园村春看槜李花,夏摘槜李果。我没有赶上槜李花吐蕊绽放,但体验了槜李果采摘,品尝了槜李化浆的独特口感,对槜李的历史文化背景和相关的历史人物故事有了浅薄的了解。待到来年槜李花吐蕊怒放的季节,给自己放个小长假,约上三五个好友,驾车来桃园村,就住桃园浜畔的微民宿。白日出门赏花,与花耳语;傍晚围坐在庭院里品茶,聊天,吃烧烤;夜深人静时,凝望星空,追逐梦想,放飞思想。多美好的陶渊明笔下的世外桃源的慢生活啊!

我的思绪被文友们爽朗的笑声打断,看他们笑得眉眼弯弯的开心样,我突然想起一句歌词:最美的不是下雨天,而是一起躲雨的屋檐……这首歌名我不记得了,但这个雨天,注定会定格在我的美好记忆里。

6

6月的最后一天,雨下了整整一夜,依然没有停下歇歇的意思。文友们陆续返程了,我想再到桃园村走走,看看,听听。第一次走桃园村,就像浏览式阅读,要想了解更多,还得进一步鉴赏阅读,最好能找个桃园老人,讲讲檇李与这座村庄的故事。

瓢泼似的大雨,并没有打消我再走桃园村的念头。先到桃园村文化礼堂,这是一座多功能乡村文化礼堂,嘉兴市四星级文化礼堂。在礼堂的文化长廊里,有桃园人祖祖辈辈种植檇李的历史记忆,记录着本村的历史缩影,也在承载本村历史文化的延展。屋外哗啦啦的大雨,礼堂里150个座位却空无虚席,这里将举行梧桐街道文学文史刊物《梧桐籽》首发仪式暨著名作家、杭州师范大学教授刘克敌的《文学与人生》讲座。在座的有不少是桐乡市女作家协会主席徐玲芬的姐妹们。冒雨进桃园听讲座,让我见证了文学的力量,也见证了她们对文学的态度——热情、积极和执着。

我细细翻阅了《梧桐籽》,这是梧桐街道文学文史刊物,由市政协梧桐文史组和梧桐街道文联联合主办,宣传本土文化,有绵密乡愁,有古时轶事,承载本土作家对梧桐的记忆和深情。

大雨中,一位皮肤黝黑的老汉,撑着伞,蹚着水,匆匆走来,这是桃园村村委按我要求为我邀请的桃园老人——老果农李应芳大伯。李伯有四十多年檇李种植经验,年轻时曾是桃园大队民兵连长,在大队果园干了多年;也是桃园村檇李和桃子种植大户,他家现在有檇李树300多株,最多的时候承包了50多亩地,一亩地可种45株左右。他种的桃也非常出名,在桃园村没有人不知道"李应芳桃子",就跟注了册似的。檇李与这座村庄的前世今生都藏在他心里。

檇李无疑是桃园村的名片,也是桃园村的宝贝。在古代,檇李是献给帝王的贡品,赠送亲友的珍果;现在,檇李是果农们单卖一季够用一年的念想。从古至今,桃园村是因檇李出名的,为何不叫李园而叫桃园呢?我心生好奇问李伯。

李伯爽朗笑道:历史上桃园村也叫就李,叫桃园头。为什么叫桃园不叫李园,桃李不分家,本是同根生呀,檇李树大多是用桃树苗嫁接的。桃园村除了檇李出名,其实桃也很出名的,品种又多,有水蜜桃、蟠桃、黄桃、油桃,从6月到9月,都可以品尝到各种鲜甜可口的桃子。

我明白了,难怪桃园村有一李一桃一村庄之说!而檇李早已不是一种单纯的水果,更是有历史记忆和故事的文化景观。

讲起桃园与檇李,李伯兴致勃勃地打开了话匣子。

相传这里自古广栽檇李,从不间断,至清朝宣统年间,桃园头家家户户都有李园。1937年,日军入侵桐乡,檇李树被毁得所剩无几，1947年整个桃园村仅产槜李50担。中华人民共和国成立后，各级政府逐渐重视桃园槜李培植。"1958年，人民公社成立，桐乡县农业局给桃园大队补助了800元人民币，建起了桃园大队果园，把全村村民家里仅有的13棵槜李树移植到大队果园，其实大队果园18亩田里只剩了9棵槜李树，其中两棵移栽杭州百果园，两株移栽北京，只是移栽北京的槜李树从没有结过果。"李伯颇为感慨。

这不奇怪，槜李的珍贵，在于不宜远移，即便在桐乡，也非处处皆可栽植。朱氏《槜李谱》里早有记载："昔传净相之李，植于寺外者，其味即逊，故净相李绝灭之后，附近无佳种。吾乡亦然，植于区域之外者，味必淡；四十里外者，肉质沙而无浆；百里外者，果形小如弹丸，味更不必论矣。"朱梦仙还写到，湖州有户人家，托亲戚购了20枝槜李树苗，结果后大失所望，果小味劣，认为伪品，开始以为被亲戚欺骗，打听后方知原因——槜李不可远移。

李伯回忆道："十八岁那年，我担任桃园大队民兵连长，一个偶然的机会吃到一颗槜子，真是太好吃太好吃了，从没有吃过那么好吃的果子，便有了种槜李的念想。那个时候个人是不允许种果树的，我便偷偷地在果园里折了一枝槜李树枝丫，嫁接在毛桃树苗上，随便插栽在自家屋前，没有好好管理，年轻时期没有长好，现在老了也不大。这棵正宗树嫁接的老树，大年时还能采摘20来斤，小年就没几颗了。"

槜李是啥时候被外界认识的？20世纪80年代，果园收入很低，难以维持,就嫁接檇树苗去外面卖,可卖不出去,没有人认识檇李。当时桃园的"赤脚医生"朱永林文化水平比较高,他拿了几百株檇李树苗去卖,真给卖掉了,拿时3元／株,卖时10元／株,引来了北京记者,找到朱永林家,朱家没有檇李树苗,只好把记者领到果园。

"2000年以前,倒春寒多,附近有两家砖瓦厂,烟大灰多,这烟灰落在果树花上,花都会焦掉,果树挂果少,果子也小,保鲜期又短,很难卖出去。大队准备召集40多位党员,投票决定砍不砍掉果树。屠甸镇信用社社长徐鸿章平时非常喜欢檇李树,隔三岔五会到果园来看看,听到要投票砍果树的风声,真着急了,桃园就那么几棵正宗檇李树,砍了真要断种了。他当即给省政府写信,陈述了檇李的历史和传承的重要性,没想到省政府很快有了回复,直接打电话到屠甸镇,桃园大队果园不但不能砍,还要好好发展,多培植檇李树。按省政府的指示,桃园大队果园从18亩扩大到33亩,规定都要种檇李。幸亏徐鸿章写了这封信,果园保住了,檇李保住了。现在各级政府都很重视檇李的培植和宣传。桃园果园扩大到50亩了,作为檇李标准化生产示范基地;桃园村檇李种植面积约有1200亩,600来户人家有400多户种有檇李。

"有人说桃园村没有正宗檇子树,其实是有的,最早移植到大队果园的9棵就是正宗的。我刚进果园时,9棵正宗的檇李树还剩1棵。在桃园村,已进入暮年的十几棵老檇李树,我家有几棵,张良荣家有几棵,其他人家也有个把棵,就是从这9棵树嫁接出去的。代代相传,我家都已经有第三代了。"

李伯一口方言,我消化有些困难,常打断他,真要感谢李伯的热情和耐心,也由衷地感谢大学生村官张炜给我翻译。

我去看过张良荣家的李园,现在由大学毕业回乡工作的张惠芬管理。张惠芬动情地说:"爸爸曾是种植槜李好手,家里这几株老树都是爸爸亲手嫁接栽培的,可以说是村里最年长的槜李树了,还年年结果呢。其中一棵爸爸走的那年突然倒地,爸爸离开我们6年了,原以为它跟爸爸一起走了。因为是爸爸亲手栽培的,睹物思人,就没有砍掉。没想到去年枯树长出了新枝,今年还结了果,虽然果子小,结果也少,但对于我们来说这些并不重要,看到它又活过来就很知足了。"我仔细观察了这棵枯木逢春老树,已经倒在地上,却有一根新枝叶子茂盛,在雨中精气神十足地展示新生。

我离开桃园村时,雨还在下,绵绵不断,如梧桐、桃园、槜李的故事……

峻毅:中国作协会员,浙江省作协全委会委员,中国散文学会理事,浙江省邮政作协副主席,慈溪市网络作协主席。

争说西施曾醉此

施立松

> 植物有李兮,应玉衡之星精;受命南国兮,特以樵为名。产维杨吴会之交兮,载于鲁《春秋》之经。
>
> ——题记

桐乡城外八公里,十分钟车程,一路花开如海,此为桃园村,又称樵李乡。这里曾是马革裹尸的古战场,现如今却是香动十里的桃李乡。

桃园村并非结义之所,却是醉李之乡。古语云"桃源村里好耕田",这里既非世外,更非桃源,却是不耕田只种李,桃与李本就不可分,桃李,就应该是满天下的。

名满天下。

除开乌镇和五芳斋的粽子,在此之前还真不知道樵李也产自桐乡。所谓特产,自然是别无分号只此一家。一直以为水色渔乡温婉江南应该是美人与美景的霸占之处,一提到吃便俗了,似乎与美人美景不可同日语。五芳斋让我知道了如桐乡这般绝伦的去处，还可以凭美食添香，不过粽子虽美，却不如槜李，槜李让这美食之间更飘散着那么一丝剔透、鲜香和灵动。

早春，乍寒还暖，迎春花还在翘首以待，槜李花已经白茫茫一片了。它，竟是比迎春花还要开得着急。一时间，村庄仿若玉树临风的少年，白衣胜雪，优雅而飘逸。远远望去竟似在这江南春意中目睹了北风卷地雪压枝头的奇景。那铺天盖地的架势奔放磅礴得英雄气短又儿女情长。它并非是急着争第一，只是不屑于与众花为伍，故而冷艳独开。夏至未至，栀子才刚刚打了骨朵，槜李已经熟得红粉粉，连"枝压群芳"这个形容词都可以省了。

不过粉且粉着，摘下来也不要急着下口，精于此道的当地作家小魏千叮咛万嘱咐，那是要在阴凉处放上三五日才可入口的，那时候的槜李已经少了枝上青涩，沾了地气；去了脆硬，多了软熟；去了仙气，染了尘缘。那时的李子，殷红的外表之下一股酒香沁人心肺，让人看着闻着，便有些微薄薄的醉意，所以这远近驰名的小果子又叫醉李。

是啊，只听名字就醉了。查字典，槜字并非与酒有什么瓜葛，它只一义，便是城市名、水果名。

以水果命名的所在，泱泱五千年，似乎除了枣庄就仅此一处，山东人的粗犷让枣庄这名字太直白浅淡平铺直叙，反倒不如它的本名"兰陵"来得更儒雅传神，与槜李相比更是少了江南特有的诗意和佛性。嘉兴古称檇李，便是以这小而圆、红而甜的果子命名的，散淡，清香，静雅，也端庄。

站在桃园村的檇李林下，似能听到隆隆争伐之声，早些年这里的人经常能在李树下挖出些青铜器和锈迹斑斑的古剑来。搜遍了记忆中那些所剩无几的历史知识，有几张面孔似曾相识，他们叫勾践、西施、范蠡、夫差，正是这些名字，组成了历史课本里绘声绘色的一章内容。

公元前510年，吴军便是在这里大败越军，十五年后，勾践为父报仇，又是在此地一雪前耻，甚至将夫差的父亲杀死在这里。史书记载："阖庐伤将指，取其一屦。还，卒于陉，去檇李七里。夫差使人立于庭，苟出入，必谓己曰：'夫差！而忘越王之杀而父乎？'则对曰：'唯，不敢忘！'三年，乃报越。"檇李之耻成了夫差的心头恨。前前后后长达三十七年的吴越之争，便是在这一片雪白的李花缤纷之中隐藏了刀光剑影。

想不到一树檇李成了这段历史最著名的注脚。俞兆晟的《吴宫曲》里如此唱："军声殷殷来檇李，犀甲晶莹照秋水。"古来征战几人回？谁看得透史册间那些虫蛀的文字到底有多少新仇旧恨？那战场上的李子树应该记得吧。它们不声不响，一言不发，努力长高，开花，结果，用绽放为一段历史补白。李白用诗，怀素用字，黄宗羲用画，挣扎者各有武器与方式，而勾践用一枚苦胆和一个叫西施的女子，那么西施呢？用一匹纱还是一颗名叫檇李的果子？

历史从来只提出问题却不给出答案。杨贵妃爱荔枝，西施独钟 槜李。钱牧斋绝句中有"语儿亭畔芳菲种，西子曾将疗捧心"之句；朱彝尊也说"听说西施曾一掐，至今颗颗有爪痕"，美味与美人，浑然一体。

硕果累累　赵文火

更有文人雅士学苏轼曲水流觞之意，以槜李为题大抒诗性。光绪十九年，李培增发出《征诗启》，以先世数代培育槜李为题，更尽地主之谊与叙师情友谊为旨，以期"增盛名于尤物，得佳名于奚囊"。后有俞樾、张鸣珂等七十余人响应，计作诗百多首，结成《龙湖槜李题词》集传于后世，相比之下，盛况更胜苏轼当年。

中国人独爱黄与红，这是骨子里传承下来的，炎即是红色，红黄之间便是炎黄子孙。槜李恰好如此，表皮琥珀色，果肉金黄，更是在果子身上常常可见一条弯弧的黄色浅痕，像是指甲的划痕，这个划痕大有来历，后人美其名曰"西施爪痕"。据说当年勾践大败，献上美女西施。西施去吴国途中路过此地,曾享受过此等美味。喜其粒圆果大,一时兴起随手一掐,于是此后的槜李上便都多了这一条诗意阑珊的爪痕。清代刘炳照曾有诗云:"古城遗迹认依稀,朱实离离映夕辉。争说西施曾醉此,长留爪痕是耶非。"

人间皆传花魁牡丹上有贵妃指印,而这小小的槜李上就留了西施爪痕,"兴亡常事何须问,且向西施觅爪痕""美人纤爪空留掐,一捻还堪比牡丹",这小小的李子,似乎每一个尝过的诗人都不肯放过西施指、牡丹香,故而又有"爪掐纤痕留颗颗,琼浆吸尽润诗喉"的句子,把美人美句美味合成七言,又千万言不可尽数。

更有记载说西施自幼便有的顽疾胸口疼,就是因为吃了槜李一夜而愈。后来越国复国,她与范蠡驾舟西去,又路过这里,只觉此地人杰地灵,与自己颇为有缘,于是决定在此定居。二人便在湖边栖身,几间茅舍,三两池塘,男耕女织,其乐融融。后来这湖便叫作范蠡湖,西施梳妆处则名为胭脂汇、汰脚湾。这些地名,现今仍存。范蠡与西施的动人之处是在大丈夫式的战火离乱之中隐含着小家碧玉般的儿女情长和柔情蜜意,从而让那一段血腥历史有了婉约和细腻,让那些翻阅历史的学者们也不得不叹息一声,把目光放向那些俗世因果,柴门犬吠,而不必对着厚重的复仇、征杀留太多感慨。让人知道,历史的更迭虽然不一定是善的,但却一定是真的,更是美的,它让历史从枯燥之中透出些可爱和温润来。至于传说,毕竟只是传说,倒是那西施一掐的小果子真真切切实实在在。

传说虽不可信，但这小小的果子，却因这美人一掐而诗性天成，独尊李子中的头魁。从此之后槜李名声大振，历代皇家都定为贡品，倒不见得只是想尝尝美味，更有一睹美人指痕的雅意吧。没有哪位君王在端详槜李的时候一定会想到勾践，但每一个人都会想到西施，毕竟品尝美味是需要从本性出发，也非以教化为目的，它只是逗口舌之快，尽味蕾之欢即可，不必强加于吃一个太伟大的理由，如果一定要以卧薪尝胆开始，很多食客难免会转身而去。那开始太自虐太扫兴，太索然无味。

槜李天生尤物，不能囫囵吞枣，吃时要极尽美人本色，拈了兰花指捏着，先轻轻咬开一个小口，慢慢吮吸，有玩心重的就找根吸管插进去饶有滋味地啜吸，与美人齐名的水果，连吃都不能失了风雅。

为一种水果做传，在文采飞扬的中国历史中也不多见，除了《荔枝谱》《橘录》之外便要数朱梦仙的《槜李谱》了。这书虽然只是植物的传记，却集大家之手笔于一身，更极尽美言之能事，民国元老于右任题名，文史学家郑逸梅作序，丝毫不弱于许多知名典籍。桐乡的哪一本家谱里没有槜李的名字？哪一个街头巷尾没有槜李的影子？槜李早已超越了水果的范畴转而成了一种文化概念和地域象征，它饱满、低调，深得儒家精奥，从而成为一种桐乡人文符号和精神内核。

一个地方的全部教义，就这样神奇地在一枚果子的身上完美呈现了。

　　桃与李,在中国传统文化里有着最高等级的文化寓意。想想看,那是要品行和德才俱佳的文人才有资格称之为"子"的,孔子、庄子、孟子、老子,但凡能以"子"相称的都是人间大才,而在水果里,能称得上"子"的并不多,桃算一个,李算一个,其他只是附庸,似不足论。

　　相比于凡树俗花,桃李之上更无果,如此一来,高下立判。

　　槜李产量极低,故而珍果难求,虽春来遍地雪白,但一枝之上花开百朵,才勉强结果三五而已。槜李从不以数量称雄,那高绝,让人望而生敬。它惯于沉默,用微笑媚眼看人,用安然与世界对峙或连接,它等在那里,为迎接秋实,已经做足了准备。

　　这是种自己哄自己开心的植物,而修成正果,从来都不是一件容易的事。它挣扎了几千年,才熬成今日的容貌,养成今日品格,活成今日个性。花开几日便衰,是不与百花争奇斗艳,枝高过丈自枯,是不以魁梧引人注目,那小小的果子,竟透着处世之道。最难的是认清自己,槜李却轻而易举就做到了,它从不妄想追日、补天、填海,它只是闷着头开自己的花,结自己的果,活得很哲学。受了美人一掐之苦,它懂得安身立命的本质含义,它外表平庸,又贵不可言,这禅意,怎能不让它名声在外?

　　槜李名声响亮,全国各地都想引进,但这小小的果子实在个性太强,记得江南为橘江北为枳的故事吧,槜李也一样,那特别的秉性使之久居故土,"槜李独钟桐乡,迁地弗良",但这秉性却也和此地民风相仿,历朝历代,无论是王侯将相、游侠商贾、文人墨客,生在桐乡,便坚硬中透着倔强,温润中带着阳刚。

所谓慷慨和豪气,要看一个人失意时的自重、贫穷时的大方、受骗时的善良、得意时的谦恭、离难后的自若、跌倒后的微笑。想想看,槜李岂不也正如此?它沉默寡言却凛凛威风,小花小果却大开大放,温厚淳朴又冷艳高傲,不染凡俗又平凡随意。越是个性的东西,越是性情中物,它自花不孕,更兼有雄蕊粗短雌蕊长,本就互不牵挂,很有些卓尔不群的高傲味道。这品性岂非正像江南士子的狂傲孤绝?熬了几千年,甚至加以现代化的培育手段,到2018年的时候年产量不过也才420吨,相比于动辄成千上万吨塞满仓库的大众化水果,简直不值一提可以忽略不计了。

可正是这不值一提的槜李,却像桐乡人那精悍顽强的意志一般,不与俗物相提,只与雅人为伍。梧桐之侧不活他物,槜李的身前身后也很少杂草。它高冷得旁若无人,就如朱梦仙《槜李谱》中所说:"所产槜李,甘美逾恒,迥异凡品,为最上乘,果大味甘,足以傲睨一切。"睨,且是傲睨,槜李虽小,却合了老子那句"以其终不自为大,故能成其大",如此看来,哪一种水果能与之比肩而立又毫不逊色?

从来不认为能从一枚果子身上参透什么人生真谛,桐乡槜李却让人醍醐灌顶,那几乎是一种哲学意义上的存在了,它朴素端庄,不张扬不讨巧,也不夸夸其谈,却分明又是静女其姝、伊人在水,那是植物里的《诗经》。燕之梨、闽之橘、南海荔枝、西凉葡萄、嫩江西瓜、烟台苹果,以特产水果成名之处数不胜数,但争胜者未争已败,唯不争者而莫能与之争。那小小的槜李在枝上一立便是千年。染了千年风雅,看惯冷月清风,它见过美人西施,也见过贩夫走卒;它见过王侯争斗,也见过市井恩怨;它以不变应万变,以不言对万言,活得花香四溢。

草木一秋,就是人之一世,参不透自己的时候,不妨来槜李坐坐,在一个江南水乡里,一个叫桃园的地方,重温那些唇齿留香的传说与神话。

施立松:中国作协会员,温州市洞头区作协主席,温州市"四个一批"人才,在各级报刊发表作品百余万字,获温州市五个一工程奖等。著有《一个人的抗战》《未跳完的狐步舞》《乱世里的桃花源》《山水间》等九种。

槜李五章

但 及

1

村庄被一簇簇树丛包围。

这是个时晴时雨的日子,湿润的空气弥漫四周。桃园村如面前这条河一般,安谧,静寂。路旁栽满了鲜花与植物,河边还修筑了木栈道,沿河岸延伸而去。

这里,最多的就是槜李树了,几乎家家户户都有。我们来时,正值槜李上市季节,槜李紫红的果子不时从绿叶丛里探出来,好似在朝我们张望。果子是脆弱的,空中不时有鸟儿掠过,窥探着,为此,许多人家都在树上罩了网兜。网兜如渔网一样,淡绿色,与树叶的颜色接近。

桐乡桃园村的槜李远近闻名,种植这种名果的历史可以追溯到2500年前的吴越争霸时期。历史滚滚向前,大浪淘沙,这种果品居然奇迹般地保存了下来,这不能不说是个奇迹。

初看,檇李与普通李子没多大差别。紫红色的皮,闪亮的外观,圆润的身子,但细看,却有着诸多的不同,檇李上有一层白斑,此斑如霜,星星点点地分布着。用手抹,白霜也不会逃遁。待熟透时,果子还呈现出晶莹透明状,果子欲裂未裂,如少女般害羞。

初夏的村庄热烈,又不失端庄。鲜花从枝头、墙角绽放出来,喜鹊窝高高地悬在高大的树杈间,河边还有农妇赤脚浸在水里洗涤竹匾与篮子。

走入合作社的果园。这里是成片成片的檇李树,来自江浙沪三地的作家,兴奋涌来,一下子消失在树丛树冠里。树挨着树,一棵连一棵。地上还有自动喷淋的水管,土地潮湿,有蝴蝶不时在眼前掠过。它们在檇李树的枝间穿梭、飞舞。

现在是采摘时节,上周应是高潮,大批果实已被卸去。此时,枝头间还零星残存,偶尔会看到一大片绿色里冒出紫红的果子来。它在孤独地等待,没有被人采摘,坠落大地就是它的宿命。

我摘下一个果子。在果皮上撕开一条小缝,然后用嘴去吮。一吮,一道果浆就沿着舌头弥漫开来。果浆清甜,带着一股浓烈的果香。这果已熟透,果香里夹着一点点醉意。果子里有酒一般的回味。

这些年,吃过檇李无数,但如此从枝头上采,采下后直接放进嘴里,还是第一回。这样的尝法貌似粗暴,味道却与众不同。果子还带着树的温度,前一秒还血脉相连,后一秒却成了食物。檇李的果汁在舌尖跳舞,化为一道美妙的清流,直奔胃部。

我胃口大开,一连摘了数个,一一细尝。

每个果略有差异,甜度也不等,但有一点却是相同的,都有一种清香与回甘。

这是我吃过的最好吃的檇李。

2

范蠡湖在嘉兴市中心的一角,是个小公园,闹中取静。公园里,有一片狭小的水面,水面上立着西施的雕像。这里是嘉兴一批文人聚会的地方,一般是在周末,我们十多个人聚集在一起,喝茶聊天,掌故、风情和人事一应俱全。

遇到下雪,范蠡湖就十分雅致。雪落在西施梳妆台上,水里的残荷上散着雪沫。江南水乡总是以一种宁静与婉约来迎候世人,殊不知,就这片土地,在两千五百年前,曾是风起云涌的战场。一场檇李大战就发生于此,这场战争对后世影响甚大。

檇李,既是果名,也是地名。这就说明,在两千五百多年前,这种水果影响至大,连脚下这块土地也干脆用水果来命名了。檇李城的位置,大约位于今嘉兴至桐乡之间,因无遗迹,确切地址已无从查考。公元前496年仲夏,吴王阖闾和越王勾践率部对峙于檇李草荡。时吴强越弱,勾践把战车布置成方阵,在战车后面隐伏三百名壮士。这三百壮士其实是流放的犯人,他们头缠黑巾,个个强悍。

当吴军冲锋时,三百壮士突然涌出,割颈自刎。顿时鲜血洒满原野。

这是久经沙场的阖闾从未见过的场面,也是一路浩荡的吴军从未有过的遭遇,于是,军心大乱。越军趁势如潮般涌上,吴王阖闾大脚趾受伤,大军一举溃败。数天后,阖闾炎症并发,死在离槜李城七里远的一个名叫"陉"的地方。

这场槜李大战的直接后果是两年后,吴国新君王夫差替父报仇,直抵越国都城会稽,越国亡。越王勾践为博吴王欢喜,献美女西施赴吴国。范蠡携西施入吴,途经、辗转槜李之地,于是就留下许多佳话和胜迹。

我刚工作那会在濮院,这个水乡小镇上还留有许多关于西施的传说。濮川八景中有"妆楼旭照"一景,相传西施曾侨居于此,临水晓妆,后人就建妆楼于百丈河畔。从桐乡到濮院,再到嘉兴,有关西施的故迹众多,一些与西施有关的地名和物名更是延续至今,如胭脂汇、女儿桥、学绣塔、汏脚湾、五色螺等等。

西施更与槜李有了某种情缘。

仔细察看槜李,上面有一道短而弯弧的黄色纹痕,如指甲掐过一般。相传,那是西施品尝时,轻轻一掐所致,这便成了有名的"西施爪痕"。一位两千多年前的美人与这个千年佳果从此相依相伴,越传越像,越传越神,文化就这样在无形之中渗透到了这果子里面。

从那以后,人们尝到槜李就会想起西施,说到西施就会想到槜李。彼此成就,相得益彰。

3

建明是我在电视台时认识的朋友。他是个农民,年长我十余岁,种植檇李。

2000年,为了弘扬檇李文化,时任嘉兴电视台编导的我做过几期节目宣传檇李。嘉兴市市长杜云昌和文化学者史念都被我请进演播室畅谈檇李,他们都对檇李怀有深情,一心想把这千年名果发扬光大。一谈起檇李和西施,都两眼放光,寄予深情。

建明就是檇李的操盘手。他家的周围,种植了成片的檇李林。春天时,檇李花开,满眼的白花点缀田野,建明就在那里植土、施肥、修剪。我是他家的常客,经常看到他爬在梯子上,为檇李树做美容。建明爬在高处,底下是一条静卧的小狗,白云在天上走,建明拿着大剪子咔嚓咔嚓地忙碌。

檇李成熟时,鸟儿就不安分了,它们也要来分享果子,于是他要为檇李树罩上网兜。树儿开花前,他又会肩挑羊粪,为檇李树送去肥沃的养分。

我会向建明请教问题,他什么都懂,关于农耕,关于时令。有一年,他告诉我,农村的土墙没了,蜜蜂做不了窝了。蜜蜂少了,采粉就成大问题了。又有一年,他说,香樟树是没有虫的,但这一年的香樟也出虫芽了,他的担心就加剧了。

若干年后,嘉兴电视台的院子里也种上了檇李。檇李让电视台增添了文化的情愫,墙前屋后,都能看到槜李树优雅的身影。槜李花开的时候,台里台外一片雪白,煞是好看。为电视台种植槜李的就是建明,从那以后我们见面的机会更多了,他经常出现在台里,施肥、修剪、除虫、采摘都能见到他的身影。等丰收的时候,每个员工都分到了槜李。量不多,但个中滋味却很特别,台里人开始喊"分槜李了,分槜李了",弄得像过节一样高兴。

建明平时穿个西装,是那种随意的西装,从不系领带。他矮胖,双手粗糙,干活的时候也穿这个西装,有时还把脏手往身上抹。但他聪明,点子多。刚开始那阵子,他把槜李装在一个个盒子里,贴上他自己的商标。后来,或许是受我们这批文人的鼓动,某一天,他突然弄出了一个精致的提篮。他用提篮包装槜李。

提篮小巧,雅致,里面能装二十来个果子。

我在他那里吃了不少槜李,唯独这个提篮留下了。去年,我搬家,妻子说这个提篮她一直在用,当梳妆盒用。于是,这个提篮又跟着我们一起到了新家。

有个成语叫"买椟还珠"。我是既吃了果子,又永久地留下了提篮。一看到这提篮,我就会想起与他的友谊,以及他对槜李的一往情深。

春风十里携李花　朱荣耀

4

桃园村已今非昔比,一间乡村咖啡吧里聚集了我们这批采风的作家。

午饭后,一批种植的农民应约来此座谈。吧前是块空地,青砖墙,石子路,盆景里的花朵在争艳开放。时而阳光露脸,时而又下起阵雨,雨后的村庄空气清新,连地上的草皮也把绿意铺陈开来。

坐在我面前的是周关兴老人。他今年79了,皮肤黝黑,脸上有几颗老年斑,但中气十足,握手时也充满力量。

我问:槜李能栽培幼苗吗?

老人答:不能。槜李都是嫁接的,是通过老的槜李枝条嫁接到桃树上。现在还没有栽培幼苗的技术,都需要嫁接,这也是槜李稀有的原因。

我问:你家还有老树吗?

老人答:有,我家的老树有五十多年了,一直在。上次被台风吹倒过,不过后来还是活了。

我问:槜李有的好吃,有的不怎么好吃,原因是什么?

老人答:主要是管理,管理得好就好吃,管理得不好就不好吃。你比如说施肥,施肥就很重要,肥施得不好口味就不一样。我们做过试验,用化肥,结果这个果子就淡了,没什么甜味了。

我问:那你们现在施什么肥?

老人答:最好是有机肥,不过现在有机肥少了。不少农家用复合肥,复合肥要差些,没有有机肥好。现在也用菜饼,菜饼也不错,施了菜饼,果子也是好吃的。

我问:现在种槜李的挺多,桐乡有,嘉兴也有,周边的一些农家都在种,你觉得哪里的最好吃?

老人笑了,语气坚定地说:桃园头(即桃园村)的最好吃。省里的专家来取样过,分析过土壤,说桃园头的最佳。到村后面,再过去一条公路,那里种出来的槜李就不一样了。

老人为他自己村里的槜李骄傲。

在咖啡吧里,我还遇到了杨金汉,他原是文化站的工作人员。说到槜李,他就变得滔滔不绝,还不时把身边的资料递给我。资料装在一个塑料封里,里面有关于槜李的各种报道,还有一本上了年岁的书——《槜李谱》。

"这本《槜李谱》是我私人买的,花了一万多块钱,是个珍本。"他说。

眼前的《槜李谱》已经很旧,颜色黄里带黑。20世纪30年代上海新中央印刷公司出版,作者是桐乡人朱梦仙,郑逸梅作序,于右任题写书名。

我翻开,读到开头的一段话:"天地之滋生万物,无不有益于人类。鲜艳花木,以供吾人赏玩;珍异之果品,以供吾人啖食,如南国荔枝、西京葡萄、洞庭枇杷、闽中橘柚之类,均为果中杰出,早脍炙于人口，而吾乡特产之檇李，尤为隽美，其香如醴，其甘逾蜜，虽葡萄、荔枝，未足以方其美，嗜之者，莫不交口赞誉，推为果中瑰宝。"

5

檇李路位于嘉兴国际商务区。

与檇李路平行的还有两条路，分别是由拳路和长水路，由拳、长水和檇李都是嘉兴的古地名，以古地名来命名嘉兴的路有一种历史感贯穿其中。

檇李路东西向，与南湖大道相交，朝南走，就是高速公路入口，朝东南走，便是嘉兴高铁南站。檇李路上有一座新建的高架桥，命名为檇李大桥，它横穿整个中央公园。中央公园里植被丰茂，绿意环抱城市。2019年初夏，我为女儿在檇李路买了一套房，从此也算是我家与檇李结下了一个缘。

买完房后，我回老家桐乡河山，一是探望父母，二是告知孙女买房的事。那日，刚抵家，已近中午，父亲突然说他要早点吃饭，我问什么事，他说饭后他跟人约了要去桃园村买檇李。

父亲匆匆吃饭，还在吃时电话就来了。有人来接他了。

父亲是搭朋友的车去桃园村的，刚走后不久，我妹妹一家也来了。妹妹进门时手里拎着三大盒的檇李。妹妹说，是别人送的，让我也带些回嘉兴。于是，我急忙跟父亲通电话，我告知他檇李有了，别买了,你顺便去桃园村玩一趟得了。父亲说知道了,知道了。

放下电话,我听到母亲在说,她说你白打的,他肯定还会买。

我不放心,又给父亲电话,把刚才的话重复了一遍。父亲又说知道了,知道了。

两个多小时后,父亲回来了,手里拎了八大盒的檇李。我说你怎么又买了呢? 母亲说,他去了肯定买,这不? 又买了那么多!

父亲说,是到认识的农民家里买的,每斤三十五元,他买了十多斤,花了近四百元钱。

檇李是好东西,你们回去的时候,每家都带些回去。父亲这样说。

我一声叹息。

这让我想到了20世纪30年代的上海滩,像朱梦仙这样的文人,以把玩、欣赏檇李为乐。这是一种雅果,吃的是一种情趣,一种意境。我想,父亲无形之中也受到了影响。他想,如此独特的时令水果,能不给子女多带些吗?

父亲给我们的是一种生活的趣味。我想,这就是檇李,其独有的文化价值是其他水果没有的。

但及:中国作协会员,文学创作一级,已在《人民文学》《当代》《中国作家》《上海文学》《作家》《钟山》《大家》《山花》《江南》《清明》《散文》等刊物发表作品近三百万字。作品多次被《小说选刊》《小说月报》《中篇小说选刊》选载,并入选多种年度选本,著有小说集《七月的河》《藿香》《雪宝顶》等。获浙江省优秀文学作品奖等数个奖项。现居嘉兴。

桃园头的檇李

邹汉明

　　檇李，说来话就长了。这是一枚别处所无的佳果。檇李的栽培相当不易。从前，除了致仕官员、失意文人，另外就是寺院的和尚们有此闲心侍弄檇李。故檇李一向栽培极少，面积也局限在很小一块地方，其中以寺院，尤以嘉兴西南新丰净相寺所产为最著名。不过，我从小听闻的檇李却在桐乡百桃或屠甸，确切地说，是在原百桃乡或屠甸镇的桃园头。

　　百桃这个地名，取原先的百福乡和桃园乡合并而成，是一九五六年的命名。我初听以为与果树特别是桃树的繁多有关，实非。百桃在桐乡东南角，与嘉兴的王店地近。古之檇李一地，有人推算，正处于嘉兴西南四十五里的百桃桃园头。因此，此地在民国时期也曾建制有檇李乡，也是历史的渊源所致吧。民国以来，有人考索这里就是春秋四城之一檇李城的所在。既然古之檇李城在桃园，那么，檇李的原产地岂非就在这里？而春秋时吴越大战之檇李，被孔子刻入了《春秋》竹简的槜李,被左丘明记在了《左传》的槜李,说的也应该是这个地方了吧?

桃园头是自然村。查钱君匋题写书名、一九八九年由原桐乡县地名办公室编印的《浙江省桐乡县地名志》"桃园头"条称:"村北有果园,盛产槜李,故名。本村为槜李的集中产地。"九十二万字的地名志,编撰精良,记录了上千个桐乡古今小地名,偏只有这么一处,明明白白地写着"盛产槜李",也可见槜李产地的稀罕了。据说,槜李对于水土特别是土质的要求极高,桃园头正适宜于栽种素爱雅洁的此物。

桃园头曾隶属百桃乡、屠甸镇,二〇〇七年在又一轮行政区划调整中划归梧桐街道。近年,以成片栽种槜李林而成为桐乡乃至嘉兴的主要槜李集中产地。桃园村也借槜李的千年荣光而成为美丽乡村的一个独异样板。

但槜李,桐产也好,嘉产也罢,以前只在耳朵边有所听闻,根本无缘得见,更不用说能够吃到一枚以饱口福之欲了。得一枚尝尝的想法,在以前确实不曾有过。我小时候,只知道桃园头是一个盛产名果贡品的地方,也大致地知道它在桐乡东南角的某个方向。后来我在乡村中学教书,每到小暑的时节(这个时令可吃的水果实在不多),总听人说起离我不远的桐乡槜李,可怜我涎水直流,却一枚未见。再后来,从事文史写作,对槜李的史料有所涉猎,但即使在我对这枚历史珍果有所了解之后,也不曾亲临其种植的环境,更不用说此番亲去桃园头槜李园一枚一枚地摘来，细细把玩，美美地吮吸个够了。

桃园村的槜李园很大，管理也整洁，一排排矮墩墩的槜李树，望去密密匝匝，见不到头。我们到的时候是上午，第一批槜李已经采摘完毕，但碧绿的枝叶间，依旧零星地挂着那么几颗采剩的槜李。这几颗，果农开采的时候还没有熟，现在倒是自然熟。现在，仙根的甘精蜜液，大地的万千宠爱，全都悄悄地汇聚到这一枚独一无二的剩果上了，所以，这颗槜李看上去特别有精神，而且还醒目。而槜李树都不甚高，无需攀爬，只要一伸手，就够得着它。稍稍着力，"哒"的一声，果子轻易地就落在了掌中。手心一握，有一种很圆满的感觉。摘下，换另一棵树，放眼搜寻，又觅到一颗，撮起三根手指头，来一个轻手轻脚的拿捏，再次"哒"的一下摘取。两颗槜李到手，满心欢喜。停下来，破皮，凑近嘴巴，好一股鲜激的汁液，从来没有吸到这么鲜激的汁液，简直有点沉醉。而那是当然的，树的气息还在果子里微微地流动着呢，它能不鲜激吗？我们平常吃到的槜李，总归是摘下已经多日，其新鲜，哪能和刚刚摘下的相比？

有果农看到我们来来回回，盲目地搜寻品质良好的果子，便来推销他的果农经了，告诉我们，如果你分辨不出哪颗好吃，那你就跟着天上的鸟去找吧；鸟最聪明，它吃过的那一颗，一定最甜。鸟不仅聪明，还很挑剔，同一颗槜李上，它决不置喙第二口。它吃一口，换一颗，心思活络。它奢侈得很，果农却头疼得很。

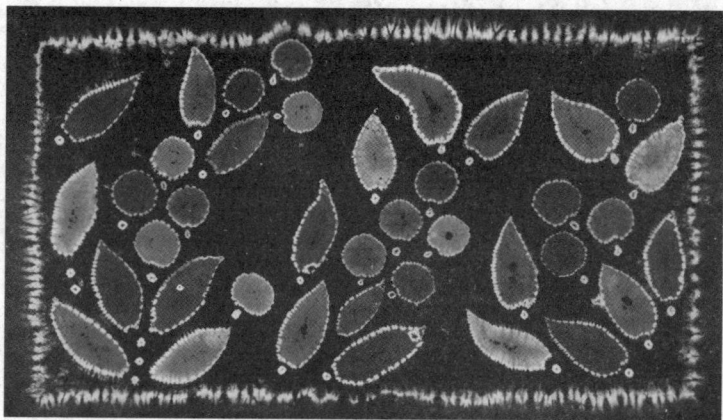

槜李满枝兆丰年　朱辛伟

　　我们找到的槜李都不算大。我知道,槜李的大小是有讲究的。一般说来,大了不好,小了也不行。但桐乡槜李似乎以果大味甘为最上乘。偏大的外形,按《槜李谱》的作者朱梦仙的说法,"足以傲睨一切"。那个时代,据说最大的八颗一斤,普通十一二枚一斤。丰年市价每斤四五角,小年则时值银圆一圆之价了。这足见它的珍贵。当然,槜李也并非一味地求大或说越大就越珍贵了,大小适宜,模样周正,颜色纯正,这才是正宗。换言之,不大不小,圆滚壮实,卖相又好,这才够上了档次。依我看,十粒一斤,差不多正好。

　　世间的佳果,无论西京葡萄,或是南国荔枝,都不如槜李那样富有传奇的故事。槜李在历史上现身,一开始就带有一点神秘的色彩。它最大的传奇是曾有西施的一掐。春秋时,吴越争霸江浙,越败,勾践一边卧薪尝胆,一边遣西施入吴。传西施途经槜李(这也一

125

定是"地重因名果"），得尝佳果。啖前，美人纤指一掐，从此，"西施爪痕"成为它最著名的胎记。清初，嘉兴的大诗人朱彝尊创作《鸳鸯湖棹歌》，特为槜李留了一首，其中有"听说西施曾一掐，至今颗颗爪痕添"，说的正是此事。这种传说中的佳果，因与美人西施搭边，从此入诗，入画，入赋，还曾被写入小说，在水果家族中一向以偏重文化而为世所称。也或者，它是最有文化的那么一枚果子。不过，正因为如此，直到现在，一般人也还不大吃得到。思量一下，三十岁之前，我就连见都没见到过它。不过，我很向往。在很多年里，我像所有的有志青年一样，也曾以吃到一枚槜李为人生的鹄的。

想起来了，我的大舅佬退休前在桐乡农林局工作，我吃得的第一枚槜李，还是他从自己的牙缝里挤出来的。但我这位舅佬爷，不过是农林局的一个小会计，所得照例不会是顶尖的槜李级别。这是一定的。不过，他也算近水楼台。有一年，我到他位于南文桥的办公室，他拉开抽屉，捧出紫红色泽、略带着神秘微光、玻璃弹珠大的一枚，一边压低声音，一副搞地下党的声口跟我说：没得吃过吧？桐乡槜李，刚上市，给你尝尝鲜，勿要被人看见。他说的"上市"是当令的意思，非"摆市售卖"之意。而我岂止是尝鲜，简直是惊奇——吃了一惊的惊奇。那时候，桐乡槜李似乎推广不力，报纸也很少宣讲，研究它的人很少或者干脆无有；也可能是栽种面积不广，产量极其稀少之故，总之，物以稀为贵，还是这一句话，这槜李，你根本就吃不上，因它压根儿就不上市！可知我第一次吃到槜李的稀奇了吧。

但近年却大有改观了。上个月，时值槜李成熟，一位桐乡的小辈，开车专程给我送来三盒，说是他妻家自产。我知道槜李栽培成活不易，农家自产，可知今日桐乡槜李已经大为扩种。这三盒桐产，的的确确，来自桃园头，粒粒圆滚，大小适宜，符合我想象中的槜李外形。我先以三根手指揉捏均匀，再以老法吸食，即以指尖破一小洞，美汁横流之际，一吸到唯剩一张果皮及内里一枚小小果核，品味着满口的酒香味，禁不住大呼过瘾。

桐乡槜李之培育、之得名，有一个人是不应该忘记的。他就是居住在离桃园头不远的朱梦仙。二十世纪三十年代，画家朱梦仙在屠甸西南隅一个叫旱桥头的地方买了两亩八分地，辟地为园，自题晚翠园，以引种、栽培槜李为己任，精研十数年，耐心加上有心，实践出真知，朱梦仙终于继新篁王逢辰之后撰成又一部《槜李谱》，因朱氏有亲身培植槜李的实践经验，其著比王氏之作更具指导的价值，凭这部审订精良的《槜李谱》，朱梦仙得续我家乡槜李文化的前缘。桐乡槜李从此闻名嘉兴。又，朱梦仙与钱君匋是好友，两人从小一道画画，钱先生居沪上，通过这层关系，桐乡槜李得钱先生在同道中鼓吹，从此在沪上闻人的口中交口称誉，也博得了不少好名声。

但槜李总归是小众的产物。千百年来，这小众的小果子也一定得到了像小众的朱梦仙这样的有识之士的育栽，如此方才仙根未绝。有一则晚明的槜李故事，颇知真种槜李之不易得，记录如下，聊发一灿。

明崇祯十六年(1643)初夏,嘉兴的闻人、喜欢玩虫的谭贞默,在这一年檇李果熟的时候,忽发风雅之病,派人急急提了一篮檇李专程去常熟馈赠文坛祭酒钱谦益和他的夫人柳如是。檇李送到绛云楼的那一天,柳夫人很高兴,当众开函取物,但见红木提篮中的果子,颗颗殷红,一等一的大小,其间杂陈的绿叶,恰似一阕春光的新词,风中微微颤动,在僮仆辈的连片惊讶声中,柳夫人见了,却嫣然笑出声来。牧斋翁好奇,探问究竟,柳夫人如实相告:"此禾郡徐园李也,非檇李。"这一段故实,钱牧斋曾戏为二绝句纪其事。可知早在明季,嘉兴地方上的闻人,也早分不清真种檇李与徐园李之别了。须知,徐园李是南宋就有的一个品种,品质也颇不恶的。

那么真种檇李应该是怎样的一枚好果子呢?就我所知,略呈圆形,果皮紫红色,细黄的小斑点散漫在表皮上,黑里透红的表皮还有一层白雾状的东西蒙裹着,果肉呈琥珀色,质地细密,充盈着神秘的汁液。熟透的檇李拿在手里,柔若无骨,轻轻磕破表皮,一吸到底,一股鲜甜、尘世间少有的神仙般的滋味,溢满心头,嘴巴一渥,是满满的、绵绵的、醇酒的味道。对了,檇李也称醉李。

2019 年 7 月 18 日

邹汉明:桐乡人,现居嘉兴。编辑,文学创作一级,中国作家协会会员。创作以诗、散文为主,兼及文史、文论与诗歌批评。作品在《山花》《十月》《花城》《诗刊》《中国作家》《散文》等文学刊物发表。著有长篇散文《塔鱼浜》;出版有《江南词典》《少年游》《桐乡影记》《炉头三记》《嘉禾丛谭》等十一种著作。

桐乡有槜李

朝 潮

一

六月的最后两天,应邀与十余位同道去浙江桐乡市品尝了一种名果:桐乡槜李。当一种果实需要与原地名联合命名或标榜,往往非珍即贵,也宣示着一种独特性。

桐乡两日,逛果园,访果农,空气一直沉闷燠热。太阳在云层间时隐时现,偶尔又飘几丝毛毛雨,天气像是使劲憋着气,在晴和雨之间犹疑不定。第三天离开桐乡时,天空不再沉默,大雨如注。那天邹汉明开车送我到火车站,车窗外的雨势惊心动魄,从打开车门到撑开雨伞这一两秒钟时间,人就淋湿了。想到偌大的果园里还没有采摘的槜李,可能会被大雨所害,心生可惜;尤其是那些熟透的,轻轻一碰就会掉落在地。在返程的高铁动车上,我托腮冥想,想象力建筑在一种虚实相间的力量上。那种力量叫风雅。

桐乡是一个风雅又谦恭的地名,意思就是梧桐之乡。桐乡现在

129

的主城区就叫梧桐街道,还有一条很长的梧桐大街。据说一千年前,这里曾有大片梧桐,树上经常栖落着美丽的鸟群。这是一个地名的来历。以前只知道桐乡有乌镇、小桥流水,有著名的蚕丝品、杭白菊,它们全是当地风雅属性的物质文化代表;现在我的常识里又增加了一项:槜李。在江南的这一块平原上,槜李果树择地而生,长成了梧桐之乡的歌赋和散句,长成了当地的一张产业名片、一种地理标志。

懒得出门是我的一个重要标志。就像没人知道春天具体从哪天算起,也没人知道中年从哪天开始实施。人到中年,万事大多失去诱惑,好奇心也大打折扣;不爱出门,甚至害怕见人,随之而来的是热爱独处和发呆。此前一月,分别有北京、四川两位朋友约我前去参加活动,也被我轻轻断送掉了。但是我来到了桐乡——

这是一个热爱水果之人的宿命。有多爱独处,就有多爱水果。世上有许多听说过却无缘品尝的水果,比如清香酸甜的印尼蛇皮果,比如甘甜出众的非洲竹芋。槜李,此前我甚至没有听说过,而它居然距我只有百多公里。

相对于各地市场上品种多样、数量不绝的南北水果,作为珍稀物种的桐乡槜李是一位高贵的失踪者。李子树在全国的分布地图上很活跃,只有桐乡的槜李树孤独地在一个地名上闪耀。桐乡的槜李,一直位列"十大名李"之首,曾作为古代皇家贡品。两三千年以来,槜李的种植范围和产量始终很有限,只有皇族贵胄和当地居民能品尝到，没有大范围的影响力。槜李的美名至今未及远播，有两方面的原因：一是保质期太短，贮运不便；二是品性使然，"迁地弗良"。大约槜李树对土壤要求苛严，只产于太湖以南的一小块平原地区，移栽至别地，即使能成活，结出的果子也远远达不到原产地的品质。直到现在，它依然是浙江省唯一列入濒危抢救保护的果树品种。

李子种植的文字记载有几千年了。有关槜李，史书上有限的记载大多是"槜李城，其地产佳李故名"。"槜李"二字，最早是作为地名记录于史册，比如春秋时著名的"槜李之战"。直到清朝的《康熙字典》，其解释也是：槜李，地名；字典所举例句，就是"越败吴于槜李"——此例句出自《说文解字》。此行曾与但及、甫跃辉两位同道，沿着石门湾古运河边找到了"古吴越疆界"，界碑以南是古越国，以北为古吴国。也就是说，桐乡曾是越国和吴国的边境。现在的桐乡，还保留着南长营、千人坡等吴越时的军事遗迹；城南有东西走向的校场路，曾问当地人是否跟吴越战事有关，回答称不清楚。作为地名的槜李城，早已消失在历史的尘烟中，果名槜李却千年传承了下来。

历史是粗线条的，过程也纤瘦，史书轻轻翻动几页就是几百年。如果让桐乡的槜李作为一个第一人称的叙述者，溯端竟委，来讲述这几千年它所经历的包括战争在内的一切，一定异常坎坷。它会在漫漫岁月的破折号后面，讲述花瓣中浮现的旧时家园、树枝间失落的世事沧桑和一棵果树的寂寞、艰难和重振。

光是最近的一二百年,槜李树就经历过多次大面积砍伐,也经历过改革开放初期环境破坏带来的暗淡时光。当地人说,"文革"时村民房前屋后的槜李树全被砍光了,只保留了集体的果园;集体果园有很多种果树,槜李只有十几棵。也正是这十几棵树,保存了槜李的血脉。一九八〇年代以来,槜李树又开始在桐乡繁衍开来。有几年的槜李树通常是只开花不结果,即使结了果也是失去了以往的品质。果树占着土地,却产生不了经济效益,这种打击是毁灭性的。有的果农又动了改种别的经济作物的念头。好在后来找到了原因:果园一公里之外的两家砖瓦厂产生的大量灰尘,随风吹到果树上,遮蔽了花朵;花粉耽于旅行,影响了槜李花朵的自然授粉。直到两家砖瓦厂先后关闭,种植环境才大为好转。最近十来年,随着环境和种植技术的优化,果农们问雨课晴、剔虫芟叶,种植的信心增强,面积不断扩大,桐乡槜李也迎来了它有史以来的高光时代。

二

桃园村。这个村名可能在很多诗人的作品里出现过,它笔触轻轻地指向一种虚无的精神家园。现实的桃园村也符合诗人的臆想:村里家家种树栽果,拥绿成村,是浙江省生态文化基地,也是全国一村一品示范村。行走在村道间,视线里的一舍一院相当整洁,树绕村庄,水盈河道;河道中央栽有成团的水生植物,村子的河沿、住宅的院落、小桥的护栏,好多是由竹子、实木制品作为隔离和步道,看上去纯朴、简约又端庄。我可以将一个村庄的抽象外貌背诵下来,却无法描写它风雅的江南品质。

樇李,主产地就在桐乡市梧桐街道桃园村。村里也有桃树,有桑树、枣树、梨树等,它们点缀和修饰着一个村庄的精神文明,衬托着主角的恢宏局面。樇李树几亩几十亩地生长着,对于一个具体的村庄来说,它就是核心价值。

如果时间往前推三个月,这里应该正是李花盛开的时节。梧桐街道每年三月在桃园村举办"樇李文化节",已连续办了八届。想象每年三月的这场盛会,一树碎玉,千树烂漫,整个村子被大片大片的李花簇拥,多种文创活动上演,形成自然与人文相结合的江南特色景观,也契合"浙江省最美赏花胜地"这个称号。今年举办了桐乡市首届樇李文化节暨桃园村李花观赏季。我们去的时候,活动期间的红灯笼还在,启用不久的"樇李堂"也以精致、典雅的面貌迎接客人的到来。不能有幸目睹三四月间桃园村的李花怒放一树白的美景,却能想象这里的居民们推窗遇见花海、出门春花袭人的景象。成片灿烂的李花开成最美的春天,也开成了桐乡的一面旗帜。

桃园一日,穿村过桥访果园,在农家品尝当地美食,与果农促膝座谈……到访的那个果园很大,成片的樇李树华盖如云,参差有律,显得安静、和谐,它似乎遵循了一幅风景画的秩序;人的出现反而显得突兀又不合群。以前读过一本专门谈植物的书,说所有的植物是有感知和情绪的,它们通过地下的树须进行交流,传递养分和信息。在果树底下钻行,我幻想着它们的反应和心情;摘果的时候,难免小心翼翼,手指尖警觉又谨慎,生怕惊动它们。

那日天气依旧闷热,此前喝过一杯茶、一瓶矿泉水,在果园吃过槜李后,整个下午没有再主动喝过水。我只吃了三颗,两颗是树上摘的,一颗是地上捡的;落在地上的反而比树上摘的更加成熟,且蜜汁香甜。食槜李一颗,舌尖会得到极大的满足。果实不会欺骗人,它会激化味觉,丰富的铁元素、钾元素和维生素会在体内倾诉它的神奇和快乐。

这是一种使人快乐的水果——来自一个外地人第一次仔细品尝后的自白。

槜李品质之独特,颠覆我常识中李子的印象和价值。它的外形大小跟普通李子差不多,色红如殷,果实表面散布黄色小斑点;去皮后,果肉晶莹琥珀,鲜亮饱满。完全成熟的槜李,外形色泽可能更深,果实呈半浆化,只需破一小洞,用嘴一吮而尽,只留下完整的果皮和果核——这时的果实内部,大分子物质开始降解,在微生物的作用下,果味如甘如醴,带一丝淡淡酒香。果浆的香味,也奠定了它的独一无二的品位,因此在当地槜李也叫作"醉李"。魂之所依,成就了桐乡槜李使人快乐的基因,这种人造快乐是现实的涅槃妙心。

别的李子与"甘美逾恒,迥异凡品"的桐乡槜李放在一起比较,品质上有着巨大的差距,这种差距无法拯救。以至古人将桐乡槜李与岭南荔枝相提并论,互有轩轾。

实际上,桐乡槜李比岭南荔枝价更贵,因为其相对来说产量更加稀少。一位村民说,他家屋旁种有四株槜李树,八九个槜李就是一斤,每斤卖五十至八十元;年成好的时候,一株树就有两千元左右的收入。电商平台卖的可能价格更高,出售的还不一定是正宗的桐乡槜李。据一位种植户介绍,现在嘉兴境内好多槜李树不是正宗的,多年前他也曾引进过一种高产树种,嫁接后长势很好,产量也极大地提高了,但甜度不够,最关键的是失去了槜李特殊的品质,揉不出浆汁,成了假槜李。于是,他又将原树砍掉,全部改种本地树种,并按照合作社要求严格控制产量,以确保每颗槜李的品质。这位种植户现身说法,说出了作为一名果农的种植之道。价值观是道,人文智慧是术。只有道术具备,恪守槜李留给世人的神秘箴言,才能使这种历史悠久的特产水果在匠心守护之下,正法眼藏,并使之品质广大。近年来,桐乡槜李已经有了槜李酒、槜李饮料等衍生产品。

作为一个珍稀品种,利益所驱,槜李自然会有一等品、二三等品和仿冒者。槜李是否正宗,外地人肯定很难分辨,当地人却有着外形识别真伪的微妙法门。

三

　　日常，我每天午后的第一功课是烧水泡茶；午后的一杯茶，对我具有伟大的意义。喝茶，抽烟，观窗外，视内心。到达桐乡的当天，我的午后是从吃一颗槜李开始的。

　　到达桐乡的那天午后，朋友递给我一颗槜李。一口咬下去，汁液四溅，地上、身上到处沾染，被朋友取笑。说实话除了甘甜，我当时没有尝出它的独特口感和气味，注意力和味觉随着果浆的喷溅而四处失散。下午抵达宾馆，打开房间门又闻到了水果的消息，轻轻呼吸之下，嗅觉便注满抒情的汁液；果香像一根手指拨动某根琴弦引起的颤音，声波在房间里扩散和回响。

　　宾馆房间的茶几上放着一碟水果，其中就有两颗槜李。

　　每年的十二个月，五六两个月是水果品种最为丰富的时季，樱桃、杨梅、枇杷、杧果……对于一个热爱水果的人来说，六月的榜单中现在又添加了"桐乡槜李"。房间里这两颗槜李我没有马上去动它，直到晚上游访回来。

　　当晚，黑陶、汗漫、邹汉明和我，相约去老城区寻访。我们从校场西路和庆丰南路路口开始向北行走，拐入振兴中路，然后进入桐乡老城区的狭窄巷道。邹汉明是桐乡人，对城区历史典故很熟，一路为我们指认先前的城区、河道、府邸，其间也穿插关于桐乡槜李的过去和传说。一种植物有几千年历史不奇怪，但是千年前的建筑是

晨曦　朱小龙

很难保存下来的,保存下来的也大多是经过历代的不断重建或修
缮。桐乡槜李作为一种活着的历史被传承了下来。我查了一下资
料,历史上有关槜李的文献很少。南宋张尧同、明朝钱谦益等名人
对槜李撰写过诗篇赞美;桐乡的近代文化名人朱梦仙,种李十多年,
撰写有《槜李谱》,对后来的桐乡槜李研究有着重要贡献。

　　穿行在一条条窄巷,偶尔抬眼观望,稍远处一些高楼傲慢地挡
住了我的视线。在老城区,一些很窄的住宅路段没有路灯,只有沿
巷人家零星的灯光照明;那晚下着零星细雨,使得整个寻访行程充
满着潮湿的气息,似乎呼吸着几百年前的古街巷的气味,使人联想
起过去水运码头、街巷两边的市声嘈嘈,包括槜李的叫卖声。这片
现今的晦暗地带,正是桐乡人文的过去,它们的意义是几幢高楼替
代不了的。我们四人在昏暗的视线中寻访着夏家浜古建筑群,每到
一处门墙需要用手机上的手电照明细细打量。穿越丁字街、南横
街、南门直街、县前街……最后顺着梧桐大街回到庆丰南路。

回来的路上,想起一些桐乡文化名人:茅盾、丰子恺、木心……这些响亮的名字与一个地名同在。那晚在街道上穿行的我,一颗心略大于整个江南。

六月桐乡之行,有老友相逢,新朋相识,古今人事遨游而过。在对一个地名的浅薄认知过程中,一个热爱水果的人纵然有无数心得,其中所感所念,"槜"是那一颗深红的古老又神奇的果子。

朝潮:浙江诸暨人,文学编辑,著有长篇小说、小说集、散文集多部。

无处不桃园，携李只一家

鲁晓敏

携李大战，拉开了吴越争霸的序幕

《春秋·公羊传》："定公十四年（前496）五月，于越败吴于携李。"

公元前496年五月，在吴越两国交界的携李，一场吴越两大诸侯国之间的惨烈搏杀即将爆发。两军巍然屹立，猩艳的幡龙旗仿佛在血色霞光飞舞。一列列盾牌下，强弩弓手搭箭上弦，戟、剑、戈、矛等兵器闪烁着逼人的寒光，战车兵勒紧战马缰绳，士兵压抑住狂乱的心跳，他们焦急地等待冲锋的号角。

此时，数百个文身断发、袒露上体的男子涌到阵前，他们分成三列，一边嚎叫，一边挥剑自刎，全部死于吴军阵前。这一突如其来的变故让吴军摸不着头脑，他们不知道这些人为什么着魔一般自戕，也搞不清楚越军捣什么鬼。就在吴军分神之际，一通震天鼓响，越军矢如蝗飞，遮挡住耀眼的日光。战车呼啸席卷而来，步兵冲锋陷阵，掀起的尘土遮天蔽日……

　　大地上刀光剑影，苍穹下滚动着一轮血色残阳，大地像火一样热烈燃烧，卷动的旌旗在狂风中撕裂。战至傍晚，吴军渐渐不支，越军后续部队投入战场，像匕首狠狠地扎进吴军的两肋，苦苦支撑的吴军顿时轰然倒地。吴军一败涂地，吴王阖闾在乱军之中受伤，狼狈逃离战场。很快，阖闾因伤不治身亡。

　　这是吴越历史上的第二次檇李之战，吴国试图击溃越国，彻底扫灭争霸道路上的障碍，但不幸遭到了溃败。两次檇李之战，开启了吴越两国三十多年反复厮杀的大幕。紧接着，夫椒之战，吴军大获全胜，就连越王勾践也成了吴国人质，过了三年生不如死的阶下囚生活。勾践释放归国后，十年生聚，十年发展，国力逐渐强盛。多年来，复仇的欲望一刻也不曾在勾践内心熄灭。高高的馆娃宫上，仙乐飘飘，粉脂浓艳，夫差心里装的是西施和郑旦，是安逸和放纵。勾践心里装的是仇恨和复国，卧薪尝胆，枕戈待旦，时刻等待着雪耻的机会。两个人的命运，或者说是两个国家的命运，在勾践尝第一口苦胆的时候就决定了。

　　公元前478年三月，决定吴越两国生死存亡的决战到来了！

　　越军倾巢而出，越过檇李，深入吴国境内吴淞江畔的笠泽。吴越两国大军隔江对峙。江边疯长的芦苇和芭茅，铺天盖地地延伸开去。最后一丝斜阳涂抹在勾践紧锁的眉头，如鲜血般艳红狰狞。勾践左手紧握巨阙剑鞘，只见寒光四射，寒光和勾践如炬的眼神交错辉映。勾践高高举起巨阙剑，剑锋指向吴国军阵。勾践渴望的巅峰对决，终于到来了。勾践诏令，范蠡率右军趁夜逾江十里设伏，文种率左军溯江而上五里设伏，自己亲率六千精锐会稽子弟组成的剑阵，轻装上阵，直趋夫差大营！

越国战船没有扬帆解缆，营地的炊烟袅袅升起，和着江上的暮霭连接成灰蒙蒙的一片。回巢的栖鸟成群盘旋在笠泽上空，"啊啊"乱叫，挑破了大战前死一样的沉寂。入夜时分，先是左侧，后来右侧，越军鼓噪喧腾，潮水般涌来。夫差急忙分兵两路仓促迎战。越人强悍的战斗力大大超出了夫差的想象，他感到了前所未有的震撼和惊悸。上千黑衣死士挥舞锋利的短剑，冲破吴国中军。利剑"扑哧扑哧"刺进吴军战士的躯体，发出响亮的穿透声，一片战士栽倒，又一片战士汹涌而上，吴军横尸遍野，血流漂橹。

笠泽之战，吴国三战皆败，精锐丧失殆尽。五年后，姑苏城破，夫差自杀。

吴越争霸从槜李拉开序幕，在姑苏落下了帷幕。吴被越灭，越被楚灭，楚被秦灭，秦被汉灭，生生灭灭，开开败败。历史的舞台坍塌了，故国早已破败成废墟，甚至废墟都已零落成泥，"槜李"却悬挂在历史的心头，它究竟身处何方？

槜李古城，一座因果得名的城池

槜李是一个区域的称谓，范围囊括了今天浙江省嘉兴市全境，还包括上海市、杭州市、江苏吴江部分地域,檇李之战是指发生在檇李城及附近的一场战役,那么,两千五百年前的檇李古战场到底在哪里呢?

魏晋著名学者杜预在《春秋》中批注道:"吴郡嘉兴县西南有檇李城,其地产佳李故名。"显而易见,两千多年的檇李地名是"地以果名"。

明代《嘉兴府志》记载:"檇李城在嘉兴府城西南四十五里,城高二丈五尺,厚一丈五尺……"

我们疑窦丛生的目光随着史料线索的明晰而清晰起来——它就坐落在嘉兴府城西南方向四十五里、历史上盛产檇李之地!这个由李子演化而来的地名即将露出它真实的面貌。

吴越山水相连,互为掎肘,吴国北上与晋国逐鹿中原,必先消灭国力蒸蒸日上的越国,荡平来自后方的威胁。相对盛极一时的吴国,越国暂时处于守势,必须在与吴国接壤的檇李建立一条坚固的防线来抵御吴军咄咄逼人的攻势。于是,越国在四周平旷、无险可守的北部边境地区由西向东筑宣城、吴城、檇李城、晏城、管城,五城大致范围在今天嘉兴市下辖的桐乡、海宁境内,以檇李城为核心,以其他四城为防御支点,五城相互依托,形成掎角,进可攻,退可守,以拒吴军。

据成书于民国二十六年(1937)的《檇李谱》作者朱梦仙考证——故古之檇李城,实今之檇李乡,俗亦称桃园村,或简称桃园头。朱梦仙言之凿凿地指明了古槜李城就在桐乡市桃园村。民国时，桃园村曾是槜李乡的辖区，正好位于嘉兴府西南四十五里左右，当地还有槜李埂、槜李圩、槜李桥等地名，村落周边还有南长营、千人坡等战争遗址。桃园自古就有栽培槜李的传统，1936年，桃园约有二百余亩槜李园，现在的槜李园达到了1700多亩。顺藤摸瓜，我们终于在绵延的槜李园深处，找到了那座频频现身于史籍中的古槜李城。

一进桃园村的槜李堂，一幅杀气腾腾的巨大油画横亘在眼前，画家用宏大叙述的手法重现了吴越槜李之战的浩大场景，战士的喊杀、金属的撞击、战马的嘶叫似乎扑面而来。勾践位居画面的主要位置，扶车而立，剑指前方，尽显王者风范。在这片生长着槜李树的土地上，一场又一场厮杀，成就了一个个霸主的基业，破灭了一个个王者的梦想。槜李城碎成了一堆粉齑，失败者隐入历史的暗角，胜利者也化成大地上的一缕轻烟，只剩史籍上一堆举重若轻的文字，述说着曾经的辉煌与落寞。

一切的一切都成为过去，当年的战场长满了槜李树以及形形色色的草草木木和花花朵朵，一座充满杀戮的城池已转化成一地的芬芳桃李和雪月风花。两千五百年历史孕育出的那颗饱满圆润的果实，在时光中分外鲜艳与妖娆。

古槜李城址找到了，槜李历史却鲜为人知，桐乡妇孺皆知的槜李不再是地名，而是一种叫槜李的水果，这颗果子因味甘如醴、清香如酒，又被人们称为"醉李"。

桃园檇李，人世间少有的果中琼宝

世上名李繁多，胭脂李、白糖李、珍珠李、空心李、笑李、美人李、米李、御李、银李、金秋红、紫粉李、早红李、秋姬李、琥珀李等等，最为脍炙人口的莫过于桐乡桃园村所产的檇李，品相好，果实大，色泽艳，香如醴，甜似蜜，堪称诸李之冠。

在桃园村口，64岁的果农曹阿姨正在自家的果园里摘李子。我与她攀谈起来，她家有5亩果园，一亩地可种四五十棵檇李树，多的年份一棵树可以收一百多斤果子，一家三口一年卖李子的收入可达8万元。她说这个收入在村里只能算是中等。曹阿姨随手递给我一个檇李，大小与我松阳老家的李子无异，模样也相仿，外形扁圆，色泽紫红，表面蒙着一层薄薄的白色果霜。不一样的是檇李更加饱满，表面密缀果点，顶部有一条指甲刻状裂痕，乡人称之为"西施爪痕"。我将檇李托在手上，阳光下，檇李色泽鲜艳红亮，有些剔透玲珑。轻轻地抚摸檇李，它非常柔软，贴在鼻尖，一股清香扑鼻而来。

我不由想起老家的李子，大如乒乓球，果肉饱满，酸甜适中，口味脆爽。我家屋后是增喜伯伯的菜地，地里长着一高一矮两棵李子树。六月初，等不到果子成熟，我就爬到树上去偷采。有一次，为了摘到枝头几颗熟李，踩断了枝丫，一头栽到树下的水塘中，增喜伯伯正好路过，一把将我拽了上来。他没有责骂我，从家里取来了绑着竹竿的网兜，只见竹竿伸进浓密的枝叶中，网兜对准枝头成熟的果子，手腕轻轻一转，李子便利索地落到网中。一口咬下去，露出鲜红的果肉，甜甜、酸酸的汁液在口腔中涌动，我觉得那是世上最好吃的李子。可惜的是，增喜伯伯为建新房，砍倒了李子树。从那之后，小时候的李子味道消失了，总觉得有些遗憾。

曹阿姨说你尝一个吧，好吃着呢。我剥开一层猩红色的果皮，槜李露出了琥珀一般晶莹透亮的果肉。一口咬了下去，只听见"扑哧"一声，槜李的汁液从我唇边飞溅出去，落在了笔记本上，绯红的李汁在雪白的纸页上盛开出了鲜花朵朵，一种近似酒的香气弥漫开来。曹阿姨笑着告诉我："槜李很嫩，皮很薄，汁很多，你不能用劲咬。"她随手摘下了一颗李子，放在手上轻轻地捏了一圈，双手熟练地搓了几下，用指甲撕去一小块外皮，将槜李递到我手里。我心领神会，嘬着嘴，对着破皮处轻轻地嘬了一口，一股甜蜜的汁液和近乎于液状的果肉"哧溜"一声吸进口腔之中，清香充盈在舌尖齿间，那种滋味真的很好，远远超过小时候的味道。吸吮了四五口，一颗饱满的槜李只剩下干瘪的皮和核。真是太神奇了！

我想买几斤寄给北京的父母，让他们尝尝这人世间少有的珍果，曹阿姨摇了摇头："成熟的槜李太嫩了，不太好保存，更不好长途运输，估计寄到北京大部分坏了。""在快递盒子里搁一些冰块可以吗？"我话音刚落，65岁的果农老顾从果园深处钻了出来，他搭上话茬："槜李太娇贵，不能放在冰箱里冷藏，更不能冰冻，很容易变味。最好放在地下室通风处,可以保存一周。"

事实上,檇李不仅难以保存和运输,桃园村三十里开外,同样品种所产的檇李味道即逊色不少,甚至肉质沙而无浆。真是一方水土育一方风物,这金贵的果树只在桃园才能结出最优质的果实,其中的缘由也是众说纷纭。正是因为桃园檇李的稀少和品绝,朱梦仙将桃园檇李与南国荔枝、西凉葡萄、洞庭枇杷、闽中橘柚并称为果中之琼宝。

桃园人家,现实版的桃花源

《桃花源记》开篇中有如下描述:"林尽水源,便得一山,山有小口,仿佛若有光。便舍船,从口入。初极狭,才通人。复行数十步,豁然开朗。土地平旷,屋舍俨然,有良田美池桑竹之属。"

桃林的尽头,原来是溪水的源头,渔人发现了一座小山,山上有了入口。接下来,渔人舍船,从口进入。这里的口,有可能是狭小的山口,仅能容一人通过。最初,山口很狭窄,仅容一个人勉强通过,又前行几十步,豁然开朗,呈现在渔人眼前的是一片平坦宽广的土地,一排排整齐排列的房舍,还有纵横交错的田野、清波荡漾的池塘,以及桑树、竹林。

或许可以这么说,中国人都有"桃花源情结"。山水、林木和村落相依相伴是中国人"桃花源情结"的具体体现,与其在想象中寻找一座虚无的精神"桃花源"，不如在自己居住的村落中再造一座线条清晰的"桃花源"，它看得见，摸得着。在多山地带或者盆地，"桃花源"可以隐匿于山间谷地；平原地带的村落缺乏山峰丘陵，古人就在村口堆土为丘，叠石为峰，并围绕着村落种植大量树木，营造出林木森森的环境，村落周围湖泊、河流环绕，这就是平原版的"桃花源"。

很显然，桃园村就是平原版的"桃花源"，村子掩映在一望无际的郁郁葱葱之中。从村口进入，一条光滑如丝绸一般的小河弯弯绕绕地流淌到脚下，密密匝匝的树影加深了水色，浓密处仿佛青铜锈迹一般幽绿。看似平缓的小河，依旧带着一些吴越春秋的气韵，似乎历史一刻也未曾远离。几只鹭鸟停在槜李枝头，不停地梳理着洁白的羽毛。芦苇丛中时不时响起了一两声清脆的鸟叫，几只鸟"噗噜噜"地拍打着翅膀跃上树梢枝头，振翅声在枝叶上晃荡着。

河的两侧长满了一蓬蓬、一丛丛、一片片的树木，有桃树、梨树、枇杷树、柿子树、葡萄树等，当然最多的还是槜李树。穿过槜李树林搭建出一条绿色通道，风穿过枝叶，发出"窸窸窣窣"的声响，仿佛绿叶在低语。走在草木气息浓郁的槜李通道中，光线渐渐地变得有些昏暗，突然就有了一种武陵渔夫的错觉。六月底，正是槜李丰收的时节，空气中弥漫着果实的甜蜜气息。可以想象，三月槜李花开时，千亩李园就像落了一层皑皑白雪，那时的桃园呈现出的是大雪初霁的极致之美。

人们多有安居于山野的隐士梦想，古人从城镇回归田园，遁入泉林深处,耕读僻野,无拘无束,以此寄托自己的政治理想与美好情趣。在桃园村的槜李林深处,隐藏着许多由老民居改造的民宿,今天的桃园耕读不再,它敞开怀抱迎接钢筋混凝土丛林中的来客,让他们在隔绝江湖风雨的槜李林中重温旧日的乡村生活;让他们在桃园寻找精神上的故乡。

天下以桃园命名的村、社区、乡镇、街道不计其数,但长满槜李树的桃园村仅此一家。桃园村不仅是槜李圣地,而且是以槜李树营造的"桃花源",它在空间上、气质上、精神上非常贴近中国人心目中的"桃花源"。心系自然,回归自然,拥抱自然,不仅仅是人的精神追求,也是人的生理需求。让疲惫的心灵和身体找到一处安放与休憩的场所——比如这个叫桃园的安详小村。

在村里一处民宿,透过落地开窗,我看到一个姑娘正在安静地读书,阳光衬出姑娘精致而白皙的脸蛋,她的眸子亮着硬币一样的光泽。我看清楚了,她手中的书是《吴越春秋》,两千五百年风云变幻一一收纳到纸页之中,化成一行行沉甸甸的文字,闪烁出琥珀一般的光芒。

鲁晓敏:松阳人,中国作家协会会员,浙江省作协理事,浙江省散文学会副会长,《中国国家地理》杂志特约撰稿人。在各级刊物上发表了200多万字的文学作品。致力于传统村落、乡土建筑、廊桥文化的研究及保护工作。出版有《辛亥江南》《江南秘境:松阳传统村落》《江南之盛》《凉草集》《历史大视野中的传统松阳》等散文集。

奶奶的檇李

魏丽敏

1

如果说六月是我最为繁忙的月份,相信很多人不会有异议。关闭许久的朋友圈会再度开启,干着一份本职工作还要兼个无利可图的职。朋友笑我,失踪一年,上线半月。为一种果子充当微商,忙得不亦乐乎。细细数来,这样莫名其妙的规律竟然也持续有五六年了。朋友们戏称我为小工:宣传、接单、采摘、发货、售后,一条龙服务,兼职就是全能型的,而所有这些都是为了奶奶的檇李。

檇李是我家乡桐乡的特产,我不知道该怎么形容它的外形,总觉得它的美没法描述。成熟时,红到发紫的果皮上带着白色的果霜,一条细细的爪痕横亘其间,细细擦拭之后,还有白色小点附于表皮,晶莹剔透的模样着实惹人垂涎。初将它们发于朋友圈时,总会惹来一堆人好奇的询问:檇读什么?因为我总习惯将"檇"写成"檇",追根溯源,这一切源于小学时学的乡土知识。在还没沾染过它味道的年纪，已在一笔一画地记忆它的历史。横、竖、撇、点……十六划的书写里带着童年的味道，我仿佛可以看到，一个梳着两条羊角辫的小姑娘静静地坐在乡村教室里，大大的眼睛里充满着对知识的渴望。她周围还有她的二十三位同学，一张张小脸是那样稚嫩生动。他们的小手臂乖乖地交叠在课桌上，那个曾教过她爸爸的老师正拿着粉笔在黑板上演示着汉字的博大精深。那个字，就这么一笔一画刻进了她的生命。提起笔，在泛黄的小本上清晰地写下一个"檇"。

檇李摘下不洗，双手轻轻地搓一搓，将果肉变成果浆，软绵绵的模样，择一截麦管，像针筒一样徐徐扎破果皮，用嘴吸着吃，最后只剩核和皮。听到这

檇李花开　周粲

些回答的朋友总是惊呼神奇,毕竟他们在这之前吸着吃的只有汤包。靠着这份好奇,在这个六月,成功吸引(感觉像是忽悠)了十几位作家朋友来到百桃乡的桃园村。

很多人会以为我是吃这种果子长大的,羡慕我甜美的童年。其实在爷爷为我们种下橀李树前,我完全想不起它的味道,曾几何时,它是贵与稀有的代名词,哪怕我家离产地桃园村不过短短两三公里的路程。我知道它是能吸的果子,我可以背诵关于它的文字资料,但在我十岁之前,我与它相见的次数不超过三次,我们之间可谓熟悉又陌生。它们在树苗期便承载了我的渴望,却未曾想过有天会对它们又爱又怕。

每年的四月份,母亲会给我发一些微信小视频,颤颤巍巍的画面主角是雪白的小花。初识会误以为是梨花,但我知道那是橀李花,而两个月后我将沦为它们变身之后的小工。橀李花开如晴雪,先开花后长叶。很多年前,我曾有幸开车穿梭在桃园村的乡间小道上,四月的美被这里独揽,田间地头的橀李花正怒自开放,它的美不张扬,却勾魂。我永远忘不掉那个午后骄阳映照下的那片雪海,可谓人在景中游。

所有美的背后掩藏着无尽的辛劳,只是容易被后来的鉴赏者忘却。我在收到视频的同时,心里总会默默地祈祷,千万不要长太多(可能你会觉得我太坏,有时确实也觉得有些坏)。爷爷走了有十一年了,我已忘记爷爷生前一共种了多少棵,只知目前还有七棵健在。他种树的初衷是让我们品尝鲜果，可他并未来得及等到它结果。奶奶继承了这笔遗产，刚结果的头几年只够供家人，后来再供村里人、友人。忽然有一年，它们爆发式地生长，果实差点将枝条挂断，因为奶奶一贯的原则就是任其自由生长，不舍得在青果时匀掉一些以保证品质，我第一次知道"硕果累累"这个词的真实含义。它的特性导致不能久存，摘取的果实摊在竹匾中，过不了几日，流出的甘甜汁水便会招来苍蝇、蚂蚁，然后就是烂掉。彼时我还在桐乡工作，每日途经桃园村往桐乡，六月中旬，原本清净的乡间小道会变得拥挤不堪，道路两旁皆是村民销售槜李的小摊，购置槜李的来往车辆络绎不绝。奶奶希望他们可以收购自己的槜李以填补她买网装网挡鸟付出的成本，奈何完全自由生长的果实，个头小、品相差，又赶上槜李大年，奶奶将唯一的希望寄托在我身上，我勉励答应一试。于是在 QQ 签名处、MSN 发布了槜李销售信息，之前得到免费品尝资格的同事们纷纷购买。我也自此入坑，算来已有八年，每年果实一熟，老太太一声令下，我这客服便要无条件上岗。

除了失眠的日子，我大概只有在摘槜李的季节里才会在清晨五点睁眼。天还只有些蒙蒙亮，选择性地穿上奶奶干农活的旧衣，老人喜欢穿宽松衣服，所以尽管我比她高大许多，衣服也合身。我自从十四岁去城里上初中之后，地里的活已很少沾手。如今这些年也不过就是下地掰个玉米、挖个红薯、摘把葱而已，要说正经算干活的也就这点事了。习惯性地提上竹篮，赶往果园与更早起的母亲汇合,因为她摘完后还要赶着去上班,我早起可以为她分担一些。

　　鸟类,大约真的是这个世界上最贪吃的物种,要不怎会有"鸟为食亡"之说呢。今年家里的那棵樱桃树长了不少,可是谁也没吃上,一切都入了鸟儿的腹中。从下往上看着,果子颗粒饱满,伸手一摘,却只余半个。谁说鸟类脑袋小,笨?这套弄虚作假的功夫往往能骗过我们一次又一次。这些年家里各种果树上最好、最甜的果子总是被鸟儿先食用,别的果子倒也无妨,只是这樱李金贵,于是,为了防止它们被偷食,果树上都盖上了一层绿网。但即便如此,总有几只鸟为了美食绞尽脑汁地钻进来。清晨,钻入果园,惊起几只"小偷",振翅欲逃,却忘了早已是天罗地网,抖落一地的露珠。母亲的头上戴着塑料袋权充帽子,不想被露水打湿了头发,肥胖的身躯却身手矫健地攀爬于树枝上,我却有些心疼树枝。我想去逮"小偷",却总也抓不住,只能暂时和谐相处。清晨静谧,除了鸟儿窜逃的振翅声,便只有我们母女简单的交谈声,"囡囡,你这么早起来啦!"尽管三十好几了,在母亲眼中,我永远都是孩子。

　　"嗯,醒了就起来了,我来摘,你上班就不用那么赶了。"不远处,烟囱里正生起袅袅炊烟,奶奶在烧稀饭了。

　　沾着露水的樱李,煞是好看。我曾发朋友圈说,我的早饭是在树上解决的。引得一大片点赞与艳羡,这其实一点也不夸张。熟透的樱李一碰就掉,果蒂处会溢出水来。这种能吸着的吃的果子着实娇贵,我只能一边摘一边吃。吸完果汁,便将果皮与核扔入土中,化作春泥更护花。我本来不爱吃甜食，因此也不爱吃檇李，属于身在福中非要作的典型，但每年还是没少吃，大概檇李对我而言，多少有些特殊的魅力吧。

2

在经历了去年的檇李大年后，今年终于传来了减产、涨价的各路小道消息，我邪恶的小心思有些蠢蠢欲动。对于减产我是有些相信的，毕竟今年五一，我带着奶奶和母亲来了趟"实地考察"。午后，艳阳，天蓝，无云，我们祖孙三代决定去不远的桃园村踏个青。虽然相隔不远，时常路过，但从未真正地去参观过。如果不是要组织一场关于檇李的文学之约，我大概也不会发现这里隐匿的美。小桥流水人家，果园秋千篱笆。奶奶在观赏了所有的美景之后，将目光锁定了那片千亩檇李园，绿叶绿果俨然一体，青涩的果实躲在叶片之下羞于见人。奶奶拿手扶了一下自己的金丝边眼镜，将头凑了过去，手背在身后，一株一株视察着，终于回转身来对我说："他们长得也不多嘛！"这份话语里的释然有些掩藏不住。身后的母亲竟然传来如释重负的叹气声，我回身看她，眼里有笑。今年的修枝工作依然由她承担，奶奶的檇李要是减产，追究起责任大约就得是她。

爷爷是招赘的，奶奶一生受宠，虽然家境贫寒，父母早亡，但后来日子也过得不错。爷爷走后，大半生没做过半点营生的奶奶，晚年忽然对做生意产生了浓厚的兴趣。这些年,除了檇李,她还卖菜,我们全家沦为她的小工,原也是担心她劳累,后发觉每次有事忙碌时她的精神头反倒更好些,也便听之任之了。因为我长年在外工作,所能销售之处皆为外市,现在因为檇李,顺丰快递每年在桃园村设点,订制专有包装,也让奶奶的檇李生意得以成行,每年小几千的收入,对于一个年过八旬的老者而言,亦是相当可观,所以极为重视。

考察归来,我寄希望于上天垂怜,让我今年可以轻松一些,可惜,不久之后母亲的一个电话就打破了我所有的美好,这场甜蜜的负担又再度开启。

细细想来,我能够连续多年甘愿为奶奶当小工,甘心牺牲很多休息时间去为奶奶售卖檇李,其实不全是因为孝顺。毕竟檇李对我而言,是家乡的骄傲,也是极富历史韵味的文化符号——这些是我在从事编辑工作后,才有了更多的了解。"檇李"一词,其实最早是一个地名,春秋时期吴越相争,曾在此地有过一次大战。越国战败,被迫退守会稽,也就是今天的绍兴,并且在民间寻找美女进贡给吴国。接下来的故事很多读者都不陌生,民女西施成为牺牲品,由此生发出很多感人的故事,例如西施和范蠡的交往。但关于西施和檇李的传说,却不太有人知道。据说越国派人送西施到吴国,路过檇李这个地方,其实就是今天的桐乡桃园村。适逢夏季,众人又累又渴,见路边有红色的果实,就摘下几颗让西施解渴。西施接过来用手指轻轻一掐，成熟的果实竟然流出很多汁液，西施就吮吸起来，竟然甘甜无比，不禁接连吃掉几颗，并问众人此果叫什么。众人问过当地人，才知叫作"檇李"，至于是果因地而名，还是地因果而名，已经不太清楚。

对于这些传说，特别是和所谓的女性命运联系起来的故事，我一向不太相信，对于所谓的"红颜祸水"之说，更是嗤之以鼻。这当然和我是女性有关，但也是对那些善于捕风捉影，从历史中硬要寻找所谓的史实，以证明什么源远流长等举动的不屑。在我看来，檇李本来就是稀有的珍果，何必要拉一个历史名人来证明它的价值。当然，在今天，出于扩大其影响的考虑，所谓的"文化搭台，经济唱戏"，这样做也无可非议。不过有一点我可以肯定，那就是桃园村作为檇李故乡，所出产的檇李，不但品相最佳，味道也最好。至于和奶奶的檇李相比，哪个更好，我当然毫不犹豫地说，还是奶奶的檇李好吃——因为它不仅包含有奶奶和妈妈的辛劳，还有我的一份贡献在内，又怎能不好吃？

在这个檇李季即将接近尾声的时候，一场以文学的名义开启的美味之旅如约来临。我渴望更多人知道它的存在，有些炎热的气温下，感恩他们的前往。我们在奶奶"视察"过的那片檇李园中摘取美味，听到他们发出美味的赞叹，内心释然的同时更是燃起自豪。千年贡品，在我心里，它永远都是那个繁体的"檇"，含着历史、汗水与亲情，是家乡的美味名片。

归家，奶奶递给我一根土灶上刚起锅的玉米，我嘴刁，玉米只吃自家种的，喜欢土灶蒸的。鲜甜软糯，是我一直吃的味道。奶奶指了指桌上的方向，我顺着她的手看去，是一篮满满的槜李。不用明说，那是被我戏称的工钱，让我带回杭城。新鲜诱人的模样，不管我爱不爱吃，她终究还是会为我准备着。一如它们被种下的初衷。

魏丽敏：桐乡人，浙江省作协会员。现已出版人物传记三部。在《中国社会科学报》《书屋》《文汇读书周报》等报刊发表评论、散笔多篇。《浙江作家》杂志编辑部主任。

图书在版编目（ＣＩＰ）数据

十五个槜李 / 桐乡桃园槜李文化有限公司编 . --武
汉：长江文艺出版社,2021.2
ISBN 978-7-5702-1733-5

Ⅰ.①十… Ⅱ.①桐… Ⅲ.①散文集—中国—当代
Ⅳ.①I267

中国版本图书馆CIP数据核字(2020)第142685号

责任编辑:谈　骁　　　　　　　责任校对:毛　娟
装帧设计:書道闻香　　　　　　责任印制:邱　莉　王光兴

出版：长江出版传媒　长江文艺出版社
地址：武汉市雄楚大街268号　　　邮编:430070
发行:长江文艺出版社
http://www.cjlap.com
印刷:杭州万星印务有限公司

开本:710毫米×1000毫米　　　1/16　　　印张:10.625
版次:2021年2月第1版　　　　2021年2月第1次印刷
字数:86千字

定价:68.00元